지금 당신의 무대는 어디입니까

지금 당신의 무대는 어디입니까?

초판 1쇄 인쇄 2012년 3월 30일
초판 1쇄 발행 2012년 4월 10일

지은이 윤하정

펴낸이 김찬희
펴낸곳 끌리는책

출판등록 신고번호 제25100-2011-000073호
주소 서울시 구로구 오류동 109-1 재도빌딩 206호
전화 영업부 (02)335-6936 편집부 (02)2060-5821
팩스 (02)335-0550
이메일 happybook@paran.com

ISBN 978-89-90856-41-8 13810

값 13,000원

지금
당신의 무대는
어디입니까?

윤하정 지음

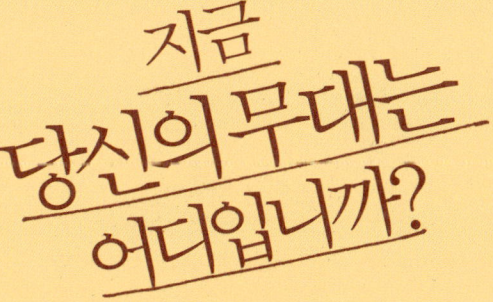

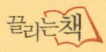
끌리는책

그 꿈 이룰 수 없어도
싸움 이길 수 없어도
슬픔 견딜 수 없다 해도
길은 험하고 험해도

정의를 위해 싸우리라
사랑을 믿고 따르리라
잡을 수 없는 별일지라도
힘껏 팔을 뻗으리라

이게 나의 가는 길이요
희망조차 없고 또 멀지라도
멈추지 않고 돌아보지 않고
오직 나에게 주어진 이 길을 따르리라

내가 영광의 이 길을 진실로 따라가면
죽음이 나를 덮쳐와도 평화롭게 되리

세상은 밝게 빛나리라
이 한 몸 찢기고 상해도
마지막 힘이 다할 때까지
가네 저 별을 향하여

뮤지컬 〈맨 오브 라만차〉 중 '이룰 수 없는 꿈'

언제였을까. 백발의 돈키호테가 부른 '이룰 수 없는 꿈'을 듣다 울컥했던 기억이 있다. 나는 공연장을 좋아한다. 현실에서는 다소 벗어난 공간. 마음껏 꿈을 꾸고, 영원한 사랑을 희망하며, 아픔을 달랠 수 있는 곳. 무대는 무척이나 화려해 보이지만 오롯이 사람이 시간과 정성을 들여 만들어야 한다. 이 책은 그런 무대에서 만난 사람들의 이야기다. '현실의 거울'을 뒤로하고 별을 좇는 돈키호테 같은 사람들. 하지만 '이룰 수 없는 꿈'에 대한 그들의 '믿음'이 있었기에 무대는 지금껏 살아남았고 감동과 위로를 주는 것이 아닐까. 찬찬히 보면 우리가 살아가는 모습도 닮았기에, 그들의 갈망과 열정, 인내와 환희를 나누고 싶었다. 세상에는 이런 꿈도, 이런 행복도 있을 수 있다고 속삭여주고 싶었다.

누구에게나 무대는 있고, 그 무대는 언제나 어디에나 있으니까. 그리고 그 무대에서 지금 무엇을 하고 있는지, 어떤 꿈을 펼치고 있는지 함께 이야기 나누고 싶었다.

* * *

어릴 적부터 나의 보물1호는 일기장이다. 이제는 월(月)기에 가깝지만 그곳에는 나보다 더 솔직한 내가 있고, 나를 더 잘 아는 내가 있다. 일기장 같은 인터뷰를 하고 싶었다. 마음껏 털어내도 믿을 수 있고, 누구보다 마음을 알아주는, 속이 후련하고 위로가 되는 대화.

이 글은 예스24 공연매거진 '윤하정의 공연세상'에 지난 4년간 기고했던 인터뷰 기사를 토대로 추가 인터뷰를 하면서 보완한 것이다. 그들의 마음이 제대로 전달됐는지 걱정이다. 인터뷰에 응해준 분들과 나만의 세상을 만들어준 예스24와 tbs, 내 마음을 읽어준 끌리는 책에 감사의 마음을 전한다. 이해할 수는 없지만 분명 가야 할 길을 걷게 하시는 하느님과 항상 넘치는 사랑을 주는 나의 가족, 그리고 그들에겐 돈키호테였을 나를 언제나 믿고 응원해준 오랜 친구들에게도 씩 웃어 보이고 싶다. 유럽공연기행도 잘 다녀오겠다고, 나 이렇게 살고 있다고….

윤하정

차례

2. 항상 봄처럼 꿈을 지녀라

3. 강물은 흐를수록 깊어지고 돌은 깎일수록 고와진다

길이 없다
그리하여 길을 만들며 간다
길이 있다
길이 있다
수많은 내일이 완벽하게 오고 있는 길이 있다
― 고은, '길' 중에서

1

그리하여
길을 만들며
간다

그저 달리기만 하기에는 우리의 삶도 너무나 아름다운 것이다. 인생의 숙제는 따로 있었다. 나는 비로소 그 숙제가 어떤 것인지를 어렴풋이 느낄 수 있었고, 남아 있는 내 삶이 어떤 방향으로 흘러가야 할지를 희미하게나마 짐작할 수 있었다. 그것은 어떤 공을 치고 던질 것인가와도 같은 문제였고, 어떤 야구를 할 것인가와도 같은 문제였다. 필요 이상으로 빠르고, 필요 이상으로 모으고, 필요 이상으로 몰려 있는 세계에 인생은 존재하지 않는다. 따라 뛰지 않는 것. 속지 않는 것. 찬찬히 들여다보고 행동하는 것. 속지 않고 즐겁게 사는 일만이 우리의 관건이다.

— 박민규,《삼미 슈퍼스타즈의 마지막 팬클럽》중에서

나는 평소 박민규 씨를 마이너인생의 통쾌한 대변자라고 생각한다(물론 작가의 의도도 같은
지는 알 수 없지만). 그래서 그의 이 글귀가 왜 하필이면 이들을 얘기할 때 떠오르는 것인
지 스스로도 의아했다. 1장에서 만난 이들은 무대 안팎을 주름잡는, 누구보다 치열하게
살아가는 '메이저리그의 프로들'이기 때문이다. 하지만 다른 한편으로 그들의 삶은 무
척이나 닮아 있다는 생각이 든다. 바로 '성공'의 기준이 다르다는 것. 그래서 따라 뛰지
않고 속지 않는다는 것. 어떤 공을 치고 던질 것인지 자기만의 기준이 있고, 그렇게 '자
신의 삶'을 살아간다는 것. 그래서 누구보다 행복하다는 것 말이다.

재밌는 일에는
제대로
나댄다

박칼린
예술감독, 뮤지컬 배우

∞ 　인터뷰할 때 유독 정신을 똑바로 차려야 하는 상대가 있다. 물론 모든 인터뷰는 초긴장 상태에서 여유롭게 대화를 나누는 기묘한 자리지만, 자칫 그 여유가 허술함으로 비칠 때 역공으로 치고 들어오는 상대가 있다. 되레 난감한 질문을 해오거나, '당신이 뻔한 질문을 한다면 나도 뻔한 대답을 한다'는 식의 응수가 대표적이다. 그 신경전에서 나가떨어지면 30분을 얘기해도 건질 게 하나도 없기 때문에 평온한 물 위의 백조처럼 우아한 미소 뒤로 바지런히·머리를 굴려야 한다. 그래서일까? 내가 그녀를 인터뷰하겠다고 했을 때 주위에서 대부분 두 가지를 당부했다. '정신줄을 꽉 잡아라', 이것은 나를 위한 당부였고, '그 열정의 원천이 무엇인지 꼭 물어봐라', 이것은 자신들을 위한 당부였다. 도대체 누구를 만나기에 이렇게 거창하냐고? 바로 무대에서는 '서쪽 연습실의 사악한 마녀', 무대 밖에서는 '칼마에'로 불리는 박칼린 씨다.

박칼린,
20년 만에 배우로

                           토요일 저녁, 박칼린 씨를 만나기 위해 청담동으로 향했다. 일주일 내내 인터뷰 일정을 잡느라 진땀을 뺀 데다 머릿속은 그때까지도 결정짓지 못한 '인터뷰의 핵심'을 잡느라 부산했다. 다채로운 활동, 이슈가 된 리더십, 그녀의 유명세, 새로 참여한 작품…. 나는 도대체 '그녀의 무엇'이 궁금한 것일까. '박칼린'이라는 이름 하나에 너무나 큰 줄기들이 방대하게 펼쳐져 어느 줄기를 탈까 계속 고민하다 그녀와 딱 마주쳤다. 물론 웃으며 인사를 나눴다. 나에게 그 정도의 여유는 있다. 하지만 이게 웬일? 머릿속이 정말 하얘져버렸다. 그녀는 다름 아닌 '배우 박칼린'으로 내 앞에 선 것이다. "저 원래 무대 앞쪽 출신이에요(웃음). 연기는 거의 20년 만에 하는 건데, 늘 했던 것처럼 느껴져서 신기해요. 힘들지도 않고, 물론 나중에 피로가 폭풍처럼 밀어닥칠지 모르지만, 지금은 정말 재밌고 즐거워요."

그렇다, 그녀는 '무대 앞쪽 출신'이다. 지난 20년간 뮤지컬 음악감독, 연출가 등으로 살아왔지만, 그녀는 1990년대 초반 부산시립극단 배우로 무대 위에서 활동했다. 그리고 뮤지컬 〈넥스트 투 노멀〉을 보는 순간, 무대 회귀 본능이 되살아났다.

"2년 전에 외국에서 작품을 봤는데 '저 역할이면 모든 여배우가 탐내겠다, 나도 다시 연기를 하고 싶을 것 같다'는 생각이 들더라고요. 일단 작품이 정말 좋았고, 저는 스태프의 입장에서도 보니까 스토리, 음악, 세트가 깔끔한 게 전체적으로 정말 잘 만들었다고 생각했어요."

그녀를 만나자마자 정신줄을 놓친 덕에 나는 가장 궁금한 것이 무엇인지 알게 됐다. 바로 20년 만에 다시 연기를 하는 박칼린이다. 꿈 많은 20대도 아니고, 이미 공연계는 물론 대중의 탄탄한 인정과 인기까지 얻고 있는 45살의 여인이 새삼 연기에 도전하다니. 이제 박칼린 씨에게는 '그런대로'라는 말은 용납이 안 될 텐데. 많은 것을 이룬 사람은 잃을 것도 많기에 도전이 자유롭지 않다. 그래서 궁금했다. 용감한 것인가, 그만큼 자신이 있는 것인가, 아니면 무모한 것인가.

박칼린
또 나댄다?

"그 얘기를 많이 들었는데, 저는 오히려 다른 사람들이 어떻게 사는지 궁금해요. 그냥 안정된 삶을 원하나요? 그런데 저도 계산 엄청 해요. 같이 일하는 사람들도 결정을 안 내려줘서 힘들어할 때가 많은걸요. 다만 한 번 결정을 내리면 신중하게 생각한 것이기 때문에 밀고 밀고 나가는 거죠. 지금껏 쉽게 한 건 아무것도 없어요."

〈넥스트 투 노멀〉에서 다이애나를 맡을 때도, 그러니까 20년 만에 무대 앞쪽으로 돌아가는 데도 신중히 생각했다는 얘기다. "기회가 주어졌다고 선뜻 '예스'하는 사람은 아니에요. 〈넥스트 투 노멀〉도 갑자기 제의가 들어온 거라면 '왜 나를 캐스팅하느냐?'고 되물어봤을 거예요. 하지만 이 작품의 경우 이미 오랫동안 생각해왔어요. 일단 나이가 맞고, 제일 중요한 음역대, 색깔, 캐릭터 등 조건이 다 맞아떨어진 거죠. 나는 오로지 작품을 위해 움직이는 사람이기 때문에 내가 빠져서 잘될 것 같으면 빠지거든요. 물론 판단을 잘못할 때도 있지만 그건 인간적인 실수이지 막무가내의 욕심은 아니에요."

그녀는 작품에 대해 이미 많은 그림을 그려놓았기 때문에 주저 없이 오디션을 봤고 배우로서 신나게 내달리고 있다. 많은 작품을 직접 만들어냈으니 자꾸 무대 안팎의 여러 모습이 보이지만, 각자의 영역을 존중하고 지금은 배우로서의 선을 명확하게 지킨다. 물론 제작진이 배우에게 원하는 것을 알기에 더 빨리 받아들이는 센스는 발휘한다. "왜 그 말을 하는지 알아야 해요. 제가 연출이나 음악감독일 때 배우에게 원하는 것을 뽑아내기 위해 설명을 하잖아요. 그 입장을 알기 때문에 제작진이 저에게 얘기를 하면 '왜 저 말을 하는지' 바로 알아듣

"지금껏 쉽게 한 건 아무것도 없어요."

는 거죠."

하지만 제작진의 말을 빨리 받아들인다고 해서 그것을 100퍼센트 뽑아낼 수 있는 것은 아니다. 그래서 '배우'라는 직업이 존재하고, 그렇기 때문에 그녀의 연기에 대한 평가는 훨씬 냉정할 것이다. 이제 '박칼린'이라고 하면 웬만한 사람은 다 안다. 그만큼 유명해진 그녀가 바닥으로 떨어질 수도 있는 모험이 두렵지는 않았을까? "연출한다고 했을 때도 그랬고, 이번에도, '칼린 또 나대네'라고 하는 사람들이 있을 거예요. 그런데 얼마나 좋은 채찍이에요. 그래서 더 똑바로 해야 하는 거죠. 나를 믿었던 사람들이 욕먹지 않게 제대로 해야 하는 거잖아요. 그리고 뮤지컬은 관객이 뭐라고 생각할까를 먼저 신경 쓰면 작업이 안 돼요. 알고는 있지만 일단 제쳐놓고 오로지 작품을 위해 움직여야 해요. 평이란 건 작품에 대한 믿음을 토대로 신중히 최선을 다해 만들었을 때 그 뒤에 따라오는 거니까요."

즐기는 한량의
마르지 않는 열정

인터뷰에 앞서 박칼린 씨에 대해 자료조사를 맡겼더니 이력만 A4 3장이 넘었다. 그런데 감탄이 절로 나오는 것이 동서양을 넘나들며 참으로 다채로운 경험을 쌓은 것이다. 간단히 살펴보면 어릴 때부터 순수음악을 하면서 연기와 무용을

"한 번도 모든 걸 일이라고 생각한 적은 없는 것 같아요."

공부했고, 시합에 나갈 정도로 말도 타고 농구도 했다. 그중에 진로를 선택해 대학에서는 첼로를 전공했는데, 클래식에 머물지 않고 월드 뮤직에 레게, 한국음악까지 섭렵했다. 결국 한국으로 들어와 대학원에서는 국악을 전공했고 명창 박동진 선생을 사사했다. 졸업 후에는 뮤지컬 배우와 음악감독, 연출가로 활동하면서 대학과 사설기관에서 후배들을 교육하고 있다. 그사이 책을 썼고, 방송에도 출연했다. 결국 다재다능하다는 것이고, 욕심도 많다는 얘기다. "저 욕심 없어요. 제주도나 강원도 어디에 숨어서 마냥 놀고 싶은 사람이에요. 딱 한량(웃음). 그런데 재밌으니까 하는 거에요. 작품이 좋으면 배우는 연기하고 싶고 연주자는 연주하고 싶거든요. 한 번도 모든 걸 일이라고 생각한 적은 없는 것 같아요."

이쯤에서 지인들의 두 번째 당부를 해결해야겠다. 열정으로 따지면 우리 모두 한때는 참 뜨겁지 않았나. '힘들지만 재밌어요!'라고 외치며 기꺼이 밤을 새웠다. 하지만 몇 년 열심히 달렸더니 오래된 보온병 물마냥 삶이 미지근해졌다. 그래서 궁금한 것이다. 40대 중반에도 지치지 않고 신나게 달릴 수 있는 박칼린만의 비결 말이다. "저는 어떤 분야가 파악이 되면 다른 일을 해요. 내가 어떤 일에 재미를 못 느끼면 공장식으로밖에 못하거든요. 그 바닥에 도움이 안 되는 거죠. 그럼 빨리 빠져줘야 해요. 저는 프로젝트에 도움이 안 될 때 알아서 빠져주는 사람을 제일 사랑해요(웃음). 그래서 다른 사람에게 넘긴 작품들도 많고요."

하지만 우리 속담에 '한 우물만 파라'고 했는데. "저도 계속 한 우물만 판 것 같은데요? 인생 즐겁게 살기. 그게 제 모토예요(웃음)." 그래도 슬럼프 정도는 있어야 사람냄새도 좀 나고…. "바빠 죽겠는데 무슨 슬럼프? 우리가 살 수 있는 몇 십 년이 얼마나 짧은데요. 세상 재밌잖아요. 저기 가서 구경도 해야 하고, 이것도 맛봐야 하고, 이 사람하고 얘기도 해보고 싶고. 잘 생각해봐요. 시간이 너무 아깝지 않아요? 불면증이 생길 정도로 자는 시간도 아까울 때가 많은데. 물론 아픔도 있고 힘든 것도 있죠. 그런 것들이 있기 때문에 삶의 기쁨도 더 크게 느끼는 거고요."

나는 그냥
박칼린

대화가 이쯤 진척됐으니 그녀가 달가워하지 않을 얘기를 꺼내본다. 지난 1995년 창작뮤지컬 〈명성황후〉를 통해 국내 뮤지컬 음악감독의 첫 장을 연 이후 박칼린 씨는 항상 공연계 중심에 있었다. 그런 그녀가 2010년 TV 예능프로그램에서 합창단을 지도하는 모습이 화제가 돼 국민스타로까지 떠올랐을 때 나는 참 궁금했다. 도대체 왜, 이렇게까지? "지인들도 똑같은 얘기를 해요. 방송을 위해 무언가 한 것도 없고, 대회 때문에 연습한 것밖에 없어요. 박칼린은 하던 대로 했을 뿐인데 이게 뭐지? 그럼 한국에 무언가 모자랐나? 그런 것도 아니잖아요. 경제난도 가장 빨리 벗어난 나라고, 카리스마 있는 사람, 리더십 있는 사람도 많고요. 많은 분들이 '어떻게 그 많은 사람들을 끌어안아서 리드할 수 있느냐'고 물어봐요. 저는 그냥 부모님이 가르쳐준 대로, 뮤지컬 할 때처럼 한 것뿐이에요."

방송을 통해 유명세를 타고 난 뒤 항상 따라오는 질문은 무엇을 얻고 무엇을 잃었느냐는 얘기다. "내가 뭘 얻었지? 그 질문이 꼭 나오는데 사실 달라진 게 아무것도 없어요. 그렇다고 제가 차를 바꾸거나 집을 사거나 옷을 바꿔 입은 것도 아니고, 친구들이 바뀌거나 무언가 선택

"한 우물만 판 것 같은데요? 인생 즐겁게 살기."

하는 데 있어서 결정하는 스타일이 바뀐 것도 아니고요. 다만 길거리에서 사람들이 알아봐줘서 골목을 지나는 데 시간이 좀 더 걸린다는 것. 그게 얻은 것인지 잃은 것인지는 모르겠네요(웃음)."

나는 문득 '정체성'이라는 단어가 떠올랐다. 그녀가 그 많은 것들을 그렇게도 흥미롭게 받아들이고 뿜어낼 수 있었던 것은 어쩌면 자신의 정체성에 대한 깊은 의문에서 비롯된 게 아닐까. 케케묵은 지난 얘기를 꺼내기는 싫어서 지금 그녀의 명함에 뭐라고 적혀 있는지 물어봤다. "명함 없어요. 한때는 예술감독이라고 쓰여 있었는데, 그것도 웃긴 것 같아서. 나는 그냥 박칼린이죠."

'그냥 박칼린'이 딱 맞는 표현인 것 같다. 무언가 틀에 맞추지 않고 자기만의 방식으로 달려왔기에 지금껏 박칼린만이 할 수 있는 많은 것들을 이뤄낸 것이 아니겠는가. 당신은 그녀의 무엇에 그렇게 열광했는가. 내가 느낀 박칼린 씨의 매력은 '제대로'였다. 제대로 놀고 제대로 일하고 제대로 좋아하고 제대로 싸우고. 카리스마는 '완벽 추구'에서 시작된다. 스스로 느슨하면서 카리스마 있는 리더십을 발휘하는 사람은 없다. 어쩌면 우리는 내 안에 숨은 '제대로 본능'을 누군가 일깨워주길 바라고 있는지 모른다. 그래서 서슬 퍼렇게 지휘봉을 흔드는 그녀에게 그토록 빠져든 것이 아닐까. 물론 모두가 박칼린 씨처럼 살 수는 없다. 하지만 아무것도 바꾸지 않는다면 언제까지나 그녀의 행보를 뒤따르며 열광만 할 것이다. 그렇게 살고 싶지는 않기에, 나는 보온병의 물이 다 식기 전에 내 열정의 땔감을 찾아 나서기로 했다.

가슴으로 클래식을 들려주고 싶다

김정원

피아니스트

그는 공연을 취재하면서 가장 많이 만났던 아티스트 가운데 한 명이다. 국내는 물론 해외에서도 활발히 활동하는지라 때로는 전화나 이메일로 인터뷰를 진행한 적도 있다. 인터뷰를 많이 했다는 것은 그의 공연이 다채로운 동시에 티켓 파워도 있으며 남다른 메시지를 담고 있다는 얘기. 실제로 그는 클래식 공연장은 물론이고 살롱에서 곡에 얽힌 사연을 얘기하며 연주하는가 하면, 클래식을 알리겠다고 노타이 차림으로 전국을 돌며 피아노를 치기도 했다. 때로는 클래식을 넘어 가요나 재즈 뮤지션들과 색다른 무대를 마련해, 음악 하는 사람들한테 이런저런 소리도 들었다. 외모까지 준수해 공연 때면 오빠부대를 몰고 다니는 그는 스타 피아니스트 김정원 씨. 그의 연주에는 무엇이 담겨 있기에 클래식 공연장에서는 보기 힘든 10대와 20대까지 김정원을 연호하는 것일까?

김정원의
클래식 알리기 프로젝트

오스트리아 빈 국립음대 최연소 수석 입학에 최우수 졸업, 각종 콩쿠르 입상. 이렇게 세계적인 피아니스트로 성장한 김정원 씨가 국내에 대중적으로 이름을 알린 것은 2006년 영화 〈호로비츠를 위하여〉에서 청년 경민 역을 맡아 피아노 연주를 하면서부터다. 빈 국립음대에서 만난 기타리스트 이병우 씨와의 인연으로 출연한 영화, 그로 인해 클래식 공연장에도 '오빠부대'가 생겨난 것이다. "영화 출연은 시간이 아주 많이 지난 얘기네요. 물론 영화를 통해 피아니스트 김정원을 처음 알게 된 분들이 많은 것은 사실입니다. 또 그것을 계기로 많은 분들이 클래식 음악에 관심을 갖게 됐다는 것은 반갑고 기쁜 일이지요. 하지만 〈호로비츠를 위하여〉의 피아니스트 김정원으로 인식되고 싶지는 않아요."

몇 년 사이 클래식 공연장의 분위기가 바뀌고 있다. 특히 젊은 연주가들을 중심으로 색다른 클래식 공연 문화가 만들어지고 있는데, 그 가운데 빼놓을 수 없는 뮤지션이 바로 김정원 씨다. 그는 지난 2006년부터 친분이 있는 아티스트와 함께 〈김정원과 친구들〉이라는 공연을 진행하고 있다. 정통 클래식 연주가는 물론이고 김동률, 하림, 노영심, 양파 등 다양한 장르의 뮤지션들이 '음악'과 '우정'이라는 공통 언어로 무대를 꾸몄다. "피아니스트라는 직업은 정말 외로워요. 연습부터 마지막 무대에 오를 때까지 계속 혼자라서 더 심하죠. 그런데 몇 년 전 김동률 씨 공연에 게스트로 참여했는데 이적, 하림, 정재일 씨 등이 와서 함께 무대에서 즐기는 모습이 인상적이었어요. 클래식 공연에는 게스트 개념이 없는데 한 번 해보고 싶더라고요. 그래서 첫 회에 클래식 쪽에서는 백주영, 송영훈 씨를 올리고, '내가 했으니까 너도 갚으라'며 김동률 씨도 불렀어요(웃음)."

관객들의 반응은 좋았다. 클래식 음악가의 공연에 대중가수가 참여한다는 것이 신선한 충격이었고, 평소에 클래식 공연을 부담스럽게 생각했던 관객들에게 '클래식 음악도 즐길 수 있다'는 것을 알려주었다. "클래식 공연에 오는 사람은 대부분 가족이나 클래식을 전공하는 학생들인데, 그렇다면 정말 우리만의 잔치잖아요. 클래식 시장이 작아지는 이유는 타깃을 클래식 마니아층으로 잡았기 때문이라고 생각해요. 그래서 클래식을 접하지 못한 사람을 한 명이라도 더 끌어오는 것이 중요하죠. 사실 클래식 공연 갈 때 쓸데없는 걱정을 많이 하세요. 옷을 어떻게 입고 가야 하나, 언제 박수를 쳐야 하나, 너무 몰라서 지루하면 어쩌나…. 제가 그런 걱정을 하지 않도록 도와드리고 싶고, 그렇게 편한 마음으로 첫 번째 공연을 즐긴 분들은 두 번째 무대를 찾는 발걸음도 가볍거든요. 음악이 훼손되지 않는 범위 안에서 불필요한 격식은 허물어져야 한다고 생각해요."

"음악이 훼손되지 않는 범위 안에서 불필요한 격식은 허물어져야 한다고 생각해요."

그의 가장 야심찬 클래식 알리기 프로젝트는 전국 투어 공연. 2007년 부터 해마다 전국 20개 안팎의 도시를 돌며 정통 클래식 연주회를 마련하고 있다. 클래식 음악이 어렵거나 지루하다는 데 일조하지 않으면서 클래식 마니아까지 고려하려니 투어 공연은 프로그램만 몇 달 전부터 고민해야 한다. 하지만 우려와 달리 지방의 공연장을 가득 메운 관객들을 보면 피로를 잊게 된다. "시작할 때 '클래식 알리기 프로젝트'라고 제목을 붙였는데, 제 생각이 무척 건방졌다는 걸 알게 됐어요. 항상 공연장도 꽉꽉 들어차고, 난해할 거라 생각했던 곡들도 아주 재밌게 들어주시거든요. 개인적으로는 같은 곡으로 두 달을 공연하다 보니, 나중에는 처음보다 더 많은 것을 표현하게 돼요. 클래식을 알리려다 제가 더 큰 공부를 하는 셈이죠."

김정원은 클래식 음악계
특별한 스타

　　　　　　　　　　　　김정원 씨 전에도 국내 클래식 음악계에 스타는 있었다. 백건우, 정경화, 조수미, 사라장, 장한나 등의 공연은 여전히 기꺼이 비싼 값을 치르겠다는데도 객석 차지하기가 쉽지 않다. 하지만 이들 공연장 객석의 절반은 항상 40대 이상이다. 아티스트기 20대인데도 노래 관객들이 찾지 않는 것이다. 그러나 김정원 씨의 공연에는 20~30대가 객석의 80퍼센트 이상을 점유한다. 김정원 외에 비올리스트 김상진, 첼리스트 송영훈, 바이올리니스트 김수빈이 함께 결성한 MIK 공연장도 사정은 같다. 이른바 클래식계의 동방신기로 불리는 이들의 스타성이 갖는 의미도 여기에 있다. "클래식 음악계의 '스타문화' 자체가 나쁘다고 생각하지는 않습니다. '클래식 음악은 난해하다, 지루하다, 특수계층만이 누리는 고급문화다' 등의 선입견을 없애기 위해서는 보다 오픈된, 젊은 감각에 맞는 홍보와 마케팅이 필요해요. 음악회에 가기 위해서는 꼭 정장을 갖춰 입어야 한다거나 클래식 음악가는 천편일률 학구적인 이미지라는 등의 클래식 음악을 둘러싼 잘못된 선입견들이 먼저 허물어져야 하는 것이죠."

그래서 김정원 씨의 공연 포스터는 여느 클래식 공연과 달리 멋과 운

치가 있다. 그는 연주회 때 직접 마이크를 잡고 이야기를 하고, 잘못된 객석문화를 바로 일러줄 때도 있다. 또 해설이 있는 연주회의 진행을 맡는 등 청중들에게 다가가려는 노력도 게을리 하지 않는다. "연주자에게 무대와 청중은 가장 근본적인 존재조건이니까요. 개인적으로 우리나라 클래식 문화계의 미래는 희망적이라고 생각합니다. 우리나라 공연장에는 유럽에 비해 훨씬 젊은 청중들이 많이 찾아와요. 또 세계적인 수준의 국내 음악가들이 많아지면서 대중적인 사랑을 받는 아티스트도 많아졌고요."

그러나 '스타성'은 클래식 음악의 진정성을 알리는 것으로 이어져야 한다. 그는 '클래식 알리기'를 위해 선보였던 많은 무대 역시 클래식의 본질을 훼손해서는 안 된다고 강조한다. "대중들의 사랑을 클래식 음악에 대한 깊은 관심과 애정으로 이어질 수 있게 하는 것이 차세대 뮤지션들의 의무이고 사명이겠죠. '클래식 알리기'는 제 음악 활동의 일부일 뿐 김정원이라는 연주자와 제 음악의 존재 이유는 아닙니다. 클래식 음악의 내용에 있어 본질 자체의 변화는 필요도 없고, 있어서도 안 된다고 생각해요."

피아니스트의 삶은
고달프다?

　　　　　　　　　마지막으로 김정원 씨와 인터뷰를 한 것은 2011년 여름이었다. 그는 해외 공연과 음반 준비로 오스트리아 빈에 머물고 있었기 때문에 또다시 이메일로 만나야 했다. "하반기에 있을 여러 일들을 준비하느라 무척 바쁘게 지내요. 새 음반 작업노 하고 있고, 10월부터는 처음으로 일본에서도 투어를 진행할 예정이거든요. 또 가을에는 내한하는 체코 실내악팀 '야나첵 현악 4중주단'과 협연 투어가 있고, 연말에는 전국투어 리사이틀을 계획하고 있어요."

이 정도 되면 그의 등과 허리, 손톱이 또 남아나지 않겠다는 생각이 들었다. 언젠가 전국투어를 앞두고 만났을 때, 그는 계속 연습만 하다 오랜만에 사람을 만나는 거라며 1시간 넘게 얘기를 쏟아냈다. "공연 앞두고는 일어나서 밥 먹고 밤까지 계속 연습해요. 중간에 또 밥을 챙겨 먹으면 소화하느라 시간 걸리고, 들어가기 싫어지고. 그래서 밤 11시에나 다시 식사를 하고, 두 시간 정도 마무리 연습을 하죠."

그러다 보면 다크서클은 짙어만 가고 가족들은 눈치만 본다고. 그뿐인가? 연주회를 앞두고선 등과 허리가 제대로 남아나질 않는다. "파

스를 붙이고 연주할 때도 있죠. 어떤 공연에서는 앙코르 때 코피를 쏟은 적도 있어요. 얼마나 엽기적이었을까요(웃음)?"

피아노 연주는 손톱과의 전쟁이기도 하다. 생각과 달리 손톱은 여러 겹인데, 이것이 하나하나 깨지며 고통이 찾아온다. 그래서 밤마다 소염제와 영양제를 바르고, 닿기만 해도 아플 때는 진통제를 먹고 연주한다. 곱기만 할 것 같은 피아니스트의 손톱이 깨지고 부서지고 곪기까지 하다니. 나는 빈에 있는 그에게 혹 장렬하게 깨진 손톱 사진이 있느냐고 물어봤다. "그런 사진은 따로 찍지 않았어요. 갈라진 손톱은 발레리나의 발처럼 드라마틱하지는 않거든요. 그저 아플 뿐이죠 (웃음)."

감동과 위로를 주는
연주가이고 싶다

어렵고 딱딱한 음악. 클래식 음악에 대한 가장 보편적인 생각이다. 그런데도 그 음악이 400년 넘게 이어져온 힘은 어디에 있을까? "무척 긴 시간을 고민했지만, 한 마디로 정의하기는 너무 힘든 질문이네요. 그건 가슴으로 느껴봐야 알 수 있는 것 같아요. 그래서 연주가의 역할이 중요합니다. '가장 위대한 예술은 스스로에게 진실한 음악이다'라는 말처럼, 제가 음악을 사랑하고, 또 진지하게 연구하고 노력하는 만큼 청중들이 감동한다고 생각하거든요. 제가 어떤 곡을 알아가는 과정에서 느꼈던 아름다움과 행복이 그대로 전달되길 바랍니다."

그는 음악이 주는 위로에 대해서도 빼놓지 않았다. "사실 작곡가들의 경우 살았을 때 영화를 누린 사람은 많지 않아요. 궁핍과 아픔, 상처와 싸운 사람이 대부분이고, 그 속에서 생겨난 명작들이기 때문에 역설적으로 상처를 치유할 수 있는 것 같아요."

하지만 '클래식 음악이 무슨 위로가 될까'라고 말하는 사람들도 있다. "두 가지 중 하나일 것 같아요. 클래식을 정말 들어보지 않고 의문을 갖는 분들, 또 하나는 교만하게 들릴 수도 있지만, 위로를 못 주는 연주회를 갔을 수도 있고요. 음악 하는 사람 중에 정말 음악을 아끼거나 음악으로 얘기를 하는 사람이 많지는 않거든요. 음악으로 사람들의 아픔을 위로하고 싶다는 생각이 턱없이 큰 꿈인지 몰라도, 음악이 주는 힘은 생각보다 크다고 생각해요. 클래식 음악을 어떻게 들어야 하느냐는 얘기할 필요가 없어요. 듣고 바로 반응이 오는 거니까요."

그동안 대중에게 다가서는 노력을 많이 했던 그는 이제 클래식 음악가로서의 철학과 깊이에 대해 더 많은 생각과 시간을 할애한다. 나이와 함께 연륜의 깊이가 묻어나는 연주가가 되고 싶다. "흐르는 시간에 따라 같은 음악에 대한 제 느낌과 해석이 달라진다는 것이 참 재밌습니다. 나이가 들수록 기교와 에너지가 쇠퇴해 볼품없어지는 연주가 아니라 더욱더 깊은 내면의 연주를 할 수 있는 피아니스트가 되고 싶어요."

나는 지금 '쇼팽 소나타 2번'을 듣고 있다. 9살 소년 김정원이 반해서 밤새 들었던 곡. 그는 그 길로 피아니스트가 되겠다고 결심했고, 2000년 쇼팽 콩쿠르에서도 이 곡을 연주했다. 사실 김정원 씨와 나는 나이 차가 많지 않다. 그래서 처음 그를 만나러 갈 때는 이만저만 불편한 것이 아니었다. 클래식 음악에 대한 지식이 많지 않은 데다, 또래인 그는 세계적으로 활동하고 있다는 것에 다소 위화감도 느꼈다. 하지만 그는 자존심과 겸손함을 구분해 드러낼 줄 알았고, 오랜 외국

생활 덕분인지 타인에 대한 배려심이 뛰어나 언제나 어색함 없이 인터뷰를 했던 기억이 있다. 아니 그것은 오랜 친구들의 수다에 가까웠고, 그래서 인터뷰는 항상 약속했던 시간을 훌쩍 넘길 때가 많았다. 덕분에 나는 그의 연주를 자주 찾았고, 그의 다양한 행로를 응원까지 하고 있다. 나 역시 '김정원의 클래식 알리기 프로젝트'의 결과물인 셈이다. 그의 공연장 분위기가 젊고 산뜻한 이유도 같을 것이다. 김정원이라는 젊은 연주가가 음악의 아름다움을 전하기 위해 색다른 악보를 그려가며 온 힘을 기울이고 있기에, 우리는 그 어렵고 지루할 것 같은 클래식에서 위로와 감동을 얻고 있다.

예술이 주는 위로와
여유를 함께
느끼다

윤운중

미술해설가

　　　윤운중 씨가 주로 생활하는 곳은 프랑스 파리다. 무대에서 자신을 소개할 때면 파리 루브르박물관에서 8년 정도 작품 해설을 하고 있다고 말한다. 파리, 루브르박물관, 미술해설가…. 이른바 스펙이 이 정도 되면 인터뷰하러 가는 길에 마음이 편할 리 없다. 게다가 인기 미술전도 감상하는 데 채 한 시간이 걸리지 않는 나에게는 '미술의 세계'가 파리보다 더 먼 것이다. 고수들은 나의 '아는 척'을 대번에 알아보기에 솔직함으로 맞섰다. 그림을 잘 모른다고. "미술이 낯선 거야 당연하죠. 저는 머리털 나고 처음 가본 미술관이 이탈리아 바티칸박물관이었어요." 깐깐하지만 소탈한 외모로 파리와 미술해설가라는 단어에서 풍겨나던 이질감을 일축한 그는 이렇게 더욱 충격적인 고백으로 단숨에 나를 자신의 삶에 빠져들게 했다. 그의 삶이 어찌나 흥미로운지 나는 공식적인 인터뷰 외에도 몇 번이나 더 윤운중 씨를 찾았다. 그리고 그 남달랐던 삶이 윤운중 씨의 해설에 더 큰 재미와 감동을 준다는 것을 알게 되었다.

미술과 음악의 만남, 아르츠콘서트

　　　　　　　그런데 공연을 취재하는 내가 왜 미술해설가를 만난 것일까? 요즘 윤운중 씨의 새로운 관심사는 '클래식 음악'이다. 미술 작품을 소개하고, 연관되는 음악을 전달하는 '아르츠콘서트'를 진행하고 있기 때문이다. '아르츠콘서트'는 미술을 뜻하는 'Arts'의 스페인식 발음인 '아르츠'와 음악공연을 뜻하는 '콘서트'의 조합어로, 무대에서 영상으로 그림을 보고 관련되는 연주와 노래를 라이브로 듣는 형식이다. "원화는 아니지만, 영상은 다양한 미술 작품을 비교해서 볼 수 있는 장점이 있어요. 사실 관객들이 음악과 미술이 만나는 부분을 예측하기란 힘듭니다. 그래서 큰 기대 없이 오시는데, 제가 음악과 미술 작품의 관련성을 알려드리고, 작품이 나온 시대적인 배경과 미술작품을 보는 방법 등을 소개하면 훨씬 깊이 있는 감상을 할 수 있어서 좋아하세요."

개그콘서트도 아닌데 공연 때마다 객석에서는 웃음꽃이 터진다. 그림을 잘 모르는 나도 깔깔대고 웃는다. 딱딱하고 정중한 무대가 불편해 죽겠다는 프로답지 않은 윤운중 씨의 진행은 관객들의 마음을 느슨하게 하지만, 그림만 나오면 백과사전처럼 술술 쏟아지는 흥미진진한 해설은 일순 흩어진 감성을 무대로 모이게 한다. 뒤이어 흐르는 적재적소의 음악. 예술의 큰 축인 미술과 음악을 한 무대에 모은 기발함이 돋보인다. 아르츠콘서트를 기획한 곳은 국내 유명 클래식 음반 기획사다. 기획사 대표가 루브르박물관에서 윤운중 씨의 해설을 듣고 홀딱 반해 제안한 것이다. "음악사를 공부한 지는 얼마 되지 않았어요. 한참 멀었죠. 하지만 미술사나 음악사나 비슷한 흐름을 좇아요. 순서를 따지면 제일 먼저 문학이 나오고, 그다음에 미술, 이후에 음악이 이어집니다. 예를 들어 셰익스피어의 〈한여름 밤의 꿈〉은 샤갈이 그 내용을 가지고 같은 제목으로 그림을 그렸고, 멘델스존은 〈결혼행진곡〉을 만들었죠. 화가가 작품을 만들고 제작하는 것이 음악가보다 즉각적이거든요. 그래서 음악사를 공부하는 건 크게 어렵지는 않아요. 다만 곡을 듣고 외우는 게 어렵죠(웃음)."

고흐와 고갱이
형제인 줄 알았다!

알고 보니 윤운중 씨의 스펙은 정말 화려했다. 부산에서 태어나 자란 그는 공업고등학교를 졸업하고 삼성전자 연구소에 입사했다. 국내에서 머리 좋다는 공학도들이 석사와 박사 학위를 들고 자리를 다투는 그곳에서 12년을 일했다. 삶은 안정됐고, 통장의 잔고는 불어갔다. 그러는 틈틈이 그림에 관심을 가

"음악과 미술이 만나는 부분을 소개하면 훨씬 깊이 있는 감상을 할 수 있어서 좋아하세요."

졌던 것일까? "그림은 무슨, 서울에 시립미술관이 있는 것도 몰랐어요. 고흐와 고갱이 형제인줄 알았다니까요(웃음)."

그는 안정된 직장을 뒤로하고 새로운 일에 대한 갈망을 품은 채 로마행 비행기에 올랐다. 유럽 갤러리 투어 전문 여행사에 소속돼 있는 그는 관광객에게 설명을 해주기 위해 미술 공부를 시작했다. 몰랐던 만큼 그림에 대한 호기심은 컸고, 정규교육을 받는 대신 미술관을 직접 찾아다니며 엄청난 양의 시간과 돈을 쏟아부었다. "사람들이 고흐의 〈해바라기〉를 좋아한다고 하면 저는 되물어봅니다. 어느 미술관에 있는 몇 송이짜리 그림을 좋아하시나요(웃음)? 진학할 생각은 없었어요. 지식은 본질적이고 구체적이고 실용적이어야 하거든요. 저는 학자가 아닙니다. 학교에서 공부를 하느니 차라리 현장에서 작품을 보고, 어느 미술관은 어떻게 가는 것이 편리하고, 언제 가야 사람이 없는지를 아는 것이 중요해요."

그래서 그의 해설은 재밌다. 그 역시 그림을 전혀 몰랐기에 '미술에 낯선' 이들과 특별한 공감이 가능하다. "처음에는 작품을 보고 있는데도 미켈란젤로와 레오나르도 다빈치가 계속 헷갈리더라고요. 제가 전혀 몰랐기 때문에 남다른 해설이 가능한 것 같아요. 그래서 저는 어려운 말도 안 씁니다(웃음)."

그러나 지난 8년간 루브르박물관만 3천 번 이상 방문해 4만여 명에게 해설했고, 1년이면 바티칸박물관에서 4천여 명에게 작품을 해설하고 있다. 누구보다 많은 작품을 직접 보며 공부해온 것이다. 실제로 루브르박물관에 있는 작품만 수십만 점. 그는 자신을 찾아오는 남녀노소, 다양한 직군에 맞춰 그날의 레퍼토리를 바꿀 정도로 그곳에 훤하다. "패션모델들은 처음에는 도도하기 그지없습니다. 설명을 잘 들으려고도 하지 않아요(웃음). 그런데 이분들에게 서양 의복사를 중심으로 가이드를 하면 금세 눈빛이 달라지면서 적극적으로 듣습니다. 사람들이 무엇에 관심이 있고 어느 지점에서 감동하는지 체득한 것이죠."

윤운중을 키운 건 8할이 '건전한 정신'

그는 여전히 유럽의 주요 미술관을 제 방 드나들듯 휘젓고 다닌다. 뿐만 아니라 국내에서는 아르츠콘서트로 대극장은 물론 미술관과 백화점 문화센터에서 관객들을 만나고 있다. 그의 해설을 들을 때면, 그가 예술이 주는 감동과 위로를 전하며 스스로 행복해지기까지 얼마나 큰 두려움의 시간이 있었을까 생각해본다. 톡 까놓고 말해, 미술관 옆 동물원만 가던 고졸 출신 남자가 스펙 빵빵한 사람들이 넘쳐나는 낯선 분야에 뛰어든 것이 아닌가. 그것도 서른이 훌쩍 넘어. "스펙이 화려하면 무언가를 할 수 있는 기회와 가능성이 많아지죠. 하지만 스펙은 어디까지나 스펙일 뿐, 현장에서는 실력과 결과만이 남들의 동의를 끌어낼 수 있다는 사실은 진리에 가깝다고 확신해요. 현장에서 보고 듣고 경험한 지식이야말로 무슨 일에든 확신을 갖게 하는 동력이 된다고 믿습니다. 물론 사회의 통념이나 편견은 스스로 기꺼이 감당하는 것이고요."

이 얼마나 현실과 동떨어진 교과서에나 나올 법한 말인가. 하지만 지인으로부터 어린 시절 그가 고아원에서 자랐다는 말을 듣고 그의 굳은 신념을 이해할 수 있었다. 가진 것도, 힘을 보태줄 환경도 허락되지 않았던 그에게 유일한 희망은 '건전한 정신'뿐이었던 것이다. 진심이 통하고 선의가 살아남으며 노력하면 된다는, 누구나 알고 있지만 대부분 쉽게 흘려보내는 그 말들 말이다. "저는 또래와 달리 부모님의 가르침을 받을 수 없었기 때문에 어린 시절부터 삶의 기준이나 모토를 책에서 얻고 깨우칠 수밖에 없었어요. 더불어 그 생각이 옳은지 스스로 검증하고 주변의 동의를 구하는 과정이 남보다 치열했고요. 남들보다 한참이나 모자란 스펙을 가지고 있었기 때문에 '건전한 정신'을 바탕으로 사회의 편견이나 통념을 헤쳐 나가기 위해 오랜 시간을 단련해야 했죠."

같은 정물이라도 화가에 따라 표현하는 것이 다르고, 같은 곡이라도 연주가에 따라 느낌이 다르듯, 윤운중 씨의 해설에 남다른 재미와 감동이 있는 것은 바로 삶에 대한 수많은 질문과 그 해답을 찾기 위한 그의 치열한 노력이 녹아들었기 때문일 것이다. 모든 예술작품은 경험의 깊이만큼 느끼지 않던가. "제 해설의 본질은 내용보다는 열정적이고 확신에 찬 태도였다고 생각합니다. 제 삶에서 스스로 깨달은 나름의 지혜를 담아내려고 애썼고, 그것이 많은 분들에게 전해졌던 것 같아요. 결국 관객들에게 해설을 통해 저 자신과 작품의 본질을 동시에 선보였던 것이죠."

예술이 주는 감동과 위로를 전하고 싶다

추가 인터뷰를 위해 오랜만에 연락을 했더니 그는 역시나 파리를 기점으로 유럽의 곳곳을 누비고 있었다. 문득 생각이 나, 세계 유명 미술관에서 작품 세 점을 준다면 어떤 그림을 고르겠느냐고 물어보았다. "우선 런던 내셔널갤러리에 있는 한스 홀바인의 〈대사들〉이요. 이 작품은 거실에 걸어두고 싶은데, 삶이나 일에 대

"현장에서는 실력과 결과만이 남들의 동의를 이끌어낼 수 있다는 사실은 진리에 가깝다고 확신해요."

한 태도에 있어 많은 교훈이 있고, 더불어 정교한 세부 묘사와 많은 역사적 교훈과 의미들로 가득해요. 두 번째 작품은 주방에 걸어두고 싶은 네덜란드 화가 요하네스 베르메르의 〈우유 따르는 여인〉입니다. 작은 부엌에서 우유를 따르는 여인의 몰입하는 태도와 화가의 정교한 빛의 분사와 흡수 등이 인상적이에요. 특히 여인의 걷어 올린 겨자색 소매와 울트라 마린으로 채색된 푸른색의 신선함이 기억에 오래 남습니다. 마지막 작품은 마드리드 프라도미술관 소장품인 히에로니무스 보슈의 〈쾌락동산〉입니다. 이 작품은 서양미술사상 가장 미스터리한 작품으로, 인간의 삶을 지배하는 쾌락과 본능, 그에 따른 무시무시한 징벌이 적나라하게 나타나 있는데, 아무래도 작품을 보면 본능과 쾌락을 경계하게 되죠(웃음)."

필요에 의해 시작한 미술 공부. 하지만 작품에 응축돼 있는 예술가의 삶과 영혼에서 감동과 위로를 받으면서 해설에 임하는 그의 자세도 더욱 진지해졌다. "미술작품을 접하고 공부를 해가면서 미술에는 제가 지금껏 경험해보지 못한 삶이 응축되어 있음을 직감적으로 느꼈습니다. 작품에는 예술가의 삶, 천재성과 비범함을 부여받은 그들만의 혼이 있었고, 이를 배움으로써 제 삶도 더욱 풍요로울 수 있다는 확신이 있었죠. 그래서 제가 하는 일에 자부심과 긍지를 갖고, 무엇보다 스스로 가장 진지하게 임했어요."

그는 이제 한동안 음악사를 공부해 미술과 음악을 아우르는 아르츠 콘서트를 더욱 풍요롭게 만들고 싶다. "앞으로 몇 년은 공부해야죠. 모르는 걸 알아가는 건 항상 재밌어요. 너무 방대해서 파도 파도 계속 나오니까 더 재밌죠(웃음)." 그는 대중들의 삶 가까이에 예술을 밀어 넣고 싶다. 자신이 특별하지 않았던 만큼 누구나 미술과 음악을 쉽게 즐길 수 있다고. 그렇게 예술이 주는 감동과 위로를 전하고 싶다. "저역시 예술을 통해 삶을 풍요롭게 관리하는 요령을 터득했고 일상의 고단함을 내려놓는 여유를 갖게 됐어요. 더불어 제 삶을 흥미롭고 옳은 방향으로 인도했다고 생각합니다. 아르츠콘서트가 잘 정착돼서 대중들이 미술과 음악이 어렵다거나 동떨어진 장르라는 편견을 버리고 현실에서 즐길 수 있었으면 좋겠어요. 그것에 일조하는 것이 저의 가장 큰 보람입니다."

2011년 겨울의 끝자락. 유명 화가의 전시회가 열린 서울시립미술관에 혼자 간 적이 있었다. 일상에 쫓겨 전시 마지막 주 저녁에 겨우 갔던 기억이 있다. 그곳에서는 몇몇 도슨트(박물관이나 미술관 등에서 관람객들에게 전시물을 설명하는 안내인)가 무리 지은 사람들에게 작품 해설을 하고 있었고, 나는 우연히 윤운중 씨의 모습도 보았다. 그리고 재미삼아 그들의 해설을 비교해 들어보았다. 정형화되지 않은 윤운중 씨의 해설은 단연 흥미로웠다.

그의 해설은 왜 남다를까? 굴곡 많은 삶을 경험해본 베테랑 배우처럼 그의 예술사적 지식과 경험 역시 바닥에서 정상까지 다양한 스펙트럼을 자아내기 때문이 아닐까? 온몸으로 맞닥뜨릴 수밖에 없었던 그의 삶, 역시 몸으로 직접 부딪혀 만난 예술. 고단하고 치열했던 예술가들의 작품이 더 뜨거운 감동과 위로를 주듯, 오로지 자신을 믿고 힘차게 달려온 윤운중 씨의 해설은 더욱 다이내믹한 것이다. 윤운중 씨 덕분에 나도 그림에 조금씩 관심을 갖게 됐고, 무엇보다 스스로를 좀 더 믿게 됐다. 그래서 언젠가 하고 싶은 '유럽 공연기행'을 '유럽 예술기행'으로 바꾸기로 했다. 그 역시 앞으로 몇 년은 음악사 공부에 매진하겠다고 했으니, 우리는 그렇게 유럽의 어느 공연장에서 또는 미술관에서 마주칠지도 모르겠다.

하모니카로
세상을
불다

전제덕

하모니카 연주자

우연히 텔레비전 가요 프로그램을 보다 반가운 얼굴을 발견했다. 구슬픈 음색의 가수보다 더 애잔한 연주로 무대를 압도했던 그는 바로 하모니카 연주자 전제덕. 항상 공연장에서 봐오던 그를 오랜만에 브라운관으로 보니, 마치 TV에 지인이라도 나온 것처럼 마음이 출렁였다. 지난 2004년 하모니카 하나로 음악계에 일대 '바람'을 일으켰던 만큼 웬만한 사람은 다 아는 뮤지션이지만, 나는 그가 굳건히 무대를 지키고 있는 모습에 좀 더 뜨거운 박수를 치고 싶었다. 공연을 취재하며 무대 뒤의 그를 여러 차례 봐왔고 인터뷰를 통해 숨은 생각들을 들어왔던지라, 여전히 무대 위에서 연주한다는 것이 그에게 얼마나 큰 의미인지 알고 있기 때문이다. 그것은 전제덕 씨를 주목받게 했던 '시각장애'라는 증폭제 없이도 오롯이 '음악'으로 살아남았다는 방증이며, '뮤지션'으로서 그의 자부심이기도 하다. 그는 지금도 외치고 있다. '앞이 보이지 않는 것은 나의 장애일 뿐, 당신들은 나의 연주를 들어달라.'

애잔하면서도 거친
하모니카

　　　　　　　　　　　　　　"내 것이랑 같은 거네, 이거 소니
제품이죠?" 녹음하려고 건넨 마이크를 쥐며 전제덕 씨가 반가움을
표했다. "아 그게…." 늘 가지고 다니면서도 크게 신경 쓰지 않았던
상표를 눈으로 확인하고서야 "그러네요, 정말 소니네요"라고 답한
다. "녹음할 때 이 마이크 쓰거든요. 연주한 걸 MP3 플레이어에 녹음
해서 듣는데, 마이크 성능이 굉장히 좋아서 깨끗하게 들어와요"라며
그는 마이크 사용법을 몇 가지 더 알려줬다. 뭐, 인터뷰이와 신경전을
벌일 필요는 없겠으나, 일단 나의 기세가 꺾이는 순간이다.

"하모니카는 크기가 한 뼘 정도밖에 되지 않지만 음은 50여 개나 됩
니다. 또 숨을 들이마실 때도 내쉴 때도 소리가 나니까 거기에서 표현
되는 감정의 폭이 무척 깊죠. 하모니카의 음색은 바이올린과 비슷해
요. 그래서 클래식 음악을 연주할 때면 바이올린과 앙상블이 잘되고,
색소폰과도 잘 어울리고요." 내친 김에 하모니카에 대한 설명까지 들
었다. 누구나 쉽게 접할 수 있는 악기지만 모두가 하모니카에 대해 잘
알고 있지는 않으니까.

"악기로서의 하모니카는 접하기 쉬운데 연주로서의 하모니카는 접

하기 어렵죠." 그 역시 1996년 벨기에 출신 하모니카 연주자 투츠 틸 레만스의 연주를 듣고 하모니카도 리드 악기가 될 수 있다는 생각에 본격적으로 하모니카 연주에 도전했다. 슬프고도 따뜻한 음색, 바이 올린의 애잔함과 색소폰의 거침을 모두 지닌 하모니카. 전제덕은 그 매력에 빠져 하모니카를 독학으로 섭렵했다. "그렇게 어렵지는 않았 어요. 하모니카에 대해서는 대부분 기본적인 지식이 있잖아요. '도' 는 내쉬고 '레'는 들이마시고…."

악보를 볼 수 있으면
1분이면 할 것을

그러나 앞이 보이지 않는 그에게 는 듣는 길밖에 없었다. 라디오를 듣고 음반을 듣고 또 듣고. 하모니 카의 특성을 잘 몰랐던 초창기에는 끊임없는 연습에 하모니카가 망 가지는 일이 반복됐다. "음악은 머리로 하는 게 아니니까 '이렇게 하 면 이렇게 된다'라는 공식이 성립할 때까지는 입술이 마르고 닳도록 연습했죠(웃음). 계속 듣다 보면 음악이 들어와요. 기교적인 면도 들리 고." 지금은 웃으며 얘기할 수 있지만 그만의 공식이 성립될 때까지 얼마나 오랜 시간 피나는 노력이 필요했을까. 다행히 그렇게 쌓인 음 악 지식은 다른 뮤지션의 세션으로 참여할 때도 많은 도움이 됐다.

"뭐든지 악보를 들이대고 해야 한다면 저 같은 사람은 살아남지 못하죠. 청음 연습, 말할 때 빨리빨리 받아들이는 것이 몸에 배어 있어서 세션 작업할 때도 도움이 됐죠."

생후 보름 만에 찾아온 열병으로 잃게 된 시력. 전제덕 씨는 시각장애인 특수학교인 혜광학교에서 사물놀이와 인연을 맺어 김덕수 사물놀이패 산하에서 활동했다. 이후 하모니카를 연주하는 모습이 눈에 띄어 다른 뮤지션들의 세션으로 참여하게 됐고, 2004년 지금의 소속사 김주엽 대표와 정수욱 프로듀서를 만나 음반을 발표하고 여기까지 왔다. 그러나 앞이 보이지 않는 것은 불편함의 문제가 아니라 그야말로 커다란 장애다. "그 얘기를 하자면 한도 끝도 없어요(웃음). 우리가 생각을 안 해서 그러는데 앞이 안 보여서 겪는 불편은 너무 많아요. 가장 큰 건 바로 생존의 문제죠. 시각장애인이 할 수 있는 일이 몇 개쯤 될 것 같아요? 10개도

"'이렇게 하면 이렇게 된다'라는 공식이 성립할 때까지는 입술이 마르고 닳도록 연습했죠."

안 돼요. 우리는 '이건 하기 싫어'라는 게 없어요. 해야 하는 거죠, 선택이 아니고 생존이니까. 그래서 주위 친구들도 힘들어하고. 몇 년 전에 헌재 위헌 결정 때(헌법재판소가 시각장애인만 안마업을 할 수 있게 한 관련 규칙에 대해 '직업 선택의 자유를 침해한다'는 이유로 위헌 결정을 내렸다) 투신자살하고 그런 거, 그만큼 절박하다는 겁니다. 저 역시 여전히 많은 불편한 점들을 극복까지는 아니고 적응, 계속 적응해가는 거죠."

음악을 하는 데 겪는 어려움이야 오죽하겠는가. 일단 그는 가장 중요한 악보를 볼 수 없는 것이다. "악보를 보면 1분이면 할 것을 저는 1시간이 걸려요. 예를 들어 세션을 갈 때도 보통 사람들은 현장에서 악보 보고 녹음 들어가서 연주하면 빠르면 10분 만에 끝낼 수도 있거든요. 하지만 저는 사전에 소스가 없으면 가서 다 듣고 외우고 해야 하니까 시간이 오래 걸리죠. 덕분에 한 번 작업한 음악은 머릿속에서 지워지지 않아요. 그 음악은 평생 기억하는 거죠(웃음)."

전제덕은
뮤지션이다

그는 몇 년 전 인터뷰로 만났던 리포터와 결혼해 다시 한 번 세간의 뜨거운 관심을 받았다. 하지만 그는 언론에 대해 섭섭함을 표했다. "새 음반을 내거나 공연을 하면 인터뷰할 때 앨범이 어떻게 달라졌는지, 공백 기간에 어떤 걸 했는지 그런 걸 물어봐야 하는데, 매번 거꾸로 돌아가서 앞이 보이지 않는 것만 자꾸 얘기해요." 결국 나 역시 그에게 섭섭함을 더한 것이다. 그러나 전제덕 씨를 말할 때 그의 장애를 언급하지 않을 수는 없다. 그는 국내 음악계에 리드 악기로서 하모니카를 제시했고, 무엇보다 그 테크닉과 표현력에서 '영혼을 울린다'라는 찬사까지 받는다. '눈이 안 보인다'는 모래주머니를 단 그가 누구보다 높게 뛰어오른 것이니 당연히 더 빛나는 것이 아니겠는가.

나는 무엇보다 전제덕 씨가 수많은 라이브 연주를 소화해내는 것이 놀라웠다. 음반작업이야 그의 말처럼 1시간이든 며칠이든 듣고 외워서 참여하면 되지만, 즉흥연주가 기본인 재즈 공연에서 수많은 뮤지션들과 악보도 없이 어떻게 호흡을 맞추는 것일까. 내 질문에 그는 재즈 뮤지션으로서 자존심을 드러냈다. "일단 재즈 하는 사람들은 재즈 스탠더드 대표곡을 외우고 있어요. 또 공연을 한두 번 하는 게 아니니까 저절로 팀플레이가 형성되죠. 재즈라는 형태는 기본적으로 멜로디 한 번 연주하고, 똑같은 멜로디의 박자와 리듬 코드에 베리에이션하고, 다시 멜로디를 하는 구조로 돼 있거든요. 그걸 응용하고 변화하는 것이라서 어렵지 않아요. 사실 악보만 보고 연주를 한다면 그건 머릿속에 음악이 들어 있는 게 아니라 콩나물 대가리가 들어 있는 거겠죠."

뮤지션 전제덕에게 '음악'은 생존의 문제다. 시각장애라는 카드가 전제덕이라는 인물을 주목받게는 해도 그의 음악에까지 힘을 실어주지는 않기 때문이다. 실제로 '뮤지션 전제덕'에 대한 대중들의 평가는 냉정했다. 그의 데뷔 음반이 2005년 한국대중음악상 '최우수 재즈&크로스오버' 부문을 수상하며 이후 수많은 공연으로 이어진 것과 달리, 대중적인 코드보다는 뮤지션으로서 욕심을 냈던 2집 음반은 참패했다. 대중들이 듣는 것은 시각장애인의 연주가 아니라 '하모니카 마스터 전제덕의 음악'인 것이다.

평생 무대에서
연주하고 싶다

전제덕 씨의 음악 외적 삶에 대한 대중들의 관심은 꽤 사그라졌다. 그러나 그는 그 스포트라이트와 별도로 음악인으로서 꾸준히 무대를 지키고 있다. BMK, 바비킴, 조성모, 조규찬, 이적 등 인기 가수들의 음반에 참여하면서 하모니카의 매력을 알리고 있고, 수많은 공연을 통해 자신의 연주 기량을 뽐내고 있다. 특히 2010년 말에는 재즈 보컬리스트 말로와 함께 한국인 재즈

"악보만 보고 연주를 한다면 그건 머릿속에 음악이 들어 있는 게
아니라 콩나물 대가리가 들어 있는 거겠죠."

뮤지션으로는 처음으로 이스라엘 순회공연도 마쳤다.

나는 그의 얼굴이 알려지고 개인사가 소개되면서 혹시 활동 전보다 더 상처받은 적은 없을까 걱정이 됐다. "그런 거 없어요. 데뷔하고 나니까 아주 좋아요." 이 답변이, 그가 쉽게 꺼내지 못했던 지난날의 어려움과 설움을 대변하는 것은 아닐까. 이제는 공연장이 가장 편하고, 무대 위가 자신의 터라고 생각한다는 전제덕. 그는 평생 무대 위의 연주자로 남고 싶다. "여전히 공부하면서 조심조심 생각을 연주로 표현하고 있는데, 이론과 음악적 체험을 더 많이 해야죠. 계속 공연하고 싶어요. 어떻게든 평생 연주자로 살아갈 수 있다면 전 이 사회에 감사합니다(웃음)."

노래를 곧잘 부르는 친구가 직장인 밴드의 보컬 오디션을 본 적이 있다. 만족스럽게 노래를 마친 친구에게 심사를 맡았던 한 사람이 말했단다. '보컬은 가슴이 찢어질 것 같은 사랑 한 번쯤은 해봐야 할 수 있다'고. 무대에서 들리고 보이는 많은 것들에 감동이 있는 이유는 뛰어난 연주 실력이나 연기력에 그것을 드러내는 이의 '삶'이 더해지기 때문이 아닐까 한다. 어쨌든 그 많은 화려한 기량은 무대 위 그들의 혈관을 타고 수많은 시간과 노력, 아픔과 조우해 만들어진 것이 아니겠는가.

인터뷰 당일 전제덕 씨는 선글라스를 쓰고 있지 않아 나는 줄곧 그의 눈을 들여다보며 얘기했다. 눈은 마음의 창이라는 말마따나, 그의 눈에서는 오랜 시간 가슴에 새겨진 숱한 생채기가 느껴졌다. 하지만 앞을 보는 대신 자신의 내면을 누구보다 오랜 시간, 그리고 깊게 들여다봐왔기에 그가 쏟아내는 음악에는 찡한 울림이, 진한 감동이 있다. 그의 장애는 극복된 것이 아니다. 앞으로도 끊임없이 적응해나가야 할 삶의 무게들이 있기에 그의 연주는 더욱 깊어질 것이다. 따라서 뮤지션 전제덕이 불러일으킨 '바람'은 그가 하모니카를 들고 무대 위에 서 있는 한 쉽게 잦아들지 않을 것이다. 그의 연주를 듣는 우리 역시 끊임없이 상처받고, 또다시 위로와 격려가 될 음악을 찾아 헤맬 테니까.

발칙한
상상으로
도전한다

장유정
연출가

⚭⚭ 그녀를 한 마디로 표현한다면 '밝은 에너지'라고 말하고 싶다. 근력 절대 부족의 질 낮은 체력에 집게에 집힌 젖은 빨래마냥 의자 등받이에 겨우 척추를 세우고 앉아 있는 일요일 한낮. 그러나 녹음기를 틀고 그녀와 나눈 얘기들을 정리하면서 어느덧 킥킥대고 웃고 있다. 개그맨도 아니면서 사람을 허리까지 꺾어 웃게 만든 그녀는 연출가 장유정. 오래전부터 그녀를 만나고 싶었다. 작품에 묻어나는 유치찬란한 상상력과 역동적인 동선, 고양된 즐거움을 일순간 진한 눈물로 뒤바꾸는 섬세한 감성이 원작자에 대한 궁금증을 키운 것이다. 더불어 인터뷰 차 만났던 많은 배우들이 이런저런 얘기 끝에 뛰어난 연출가로 장유정을 꼽곤 했다. 사람을 끌어당기는 장유정의 그 힘은 도대체 무엇일까?

장유정,
그녀의 무한질주

        장유정 씨를 만나기 위해 찾아간 대학로 예술마당에는 그녀가 직접 낳아 기른 뮤지컬 〈오! 당신이 잠든 사이〉와 〈김종욱 찾기〉가 100점 맞은 시험지를 들고 달려온 아이처럼 뿌듯하게 걸려 있다. "지금은 많이 익숙해졌지만, 처음에는 말도 못하게 떨렸죠. 저의 첫 번째 꿈이 대학로에 저를 아는 사람이 한 명이라도 생기는 것이었어요. 제가 유명해서가 아니라, 서로 교류할 수 있는 공간으로 대학로가 내 일터가 된다면 얼마나 행복할까 생각했는데, 이렇게 일터가 되고, 제 작품들이 공연장에 걸려 있으니 정말 행복하죠."

조선대 국문과를 졸업한 뒤 한국예술종합학교 연극원에서 연출을 전공한 장유정 씨는 이후 줄곧 내달렸다. 2002년 뮤지컬 〈송년야화〉를 무대에 올리며 연출가로 데뷔했고, 〈오! 당신이 잠든 사이〉〈김종욱 찾기〉〈형제는 용감했다〉 등을 직접 쓰고 연출해, 뮤지컬 관련 시상식의 작품상과 작사, 극본상을 휩쓸었다. 그녀는 가진 것이 없었기에 무조건 달렸다고 말한다. "몇 년 전까지만 해도 이렇게 카페에 앉아본 적이 없어요. 목숨이 달린 일들이었기 때문에 뛰어다니느라 정신이 없었거든요. 처음에는 돈도 없고 애인도 없고, 믿을 사람이 저밖에 없으니까 내던졌죠. 공연을 올리고 싶다는 열정은 넘쳐났으니까요. 제 눈에 하나 걸리는 것 없이 정말 잘 만든 작품을 올리고 싶었어요. 그래서 그때는 무조건 전진, 앞만 보고 달렸던 것 같아요."

장유정의 질주본능은 무대에서 멈추지 않았다. 공연장을 넘어 영화판 으로까지 그녀를 내달리게 했다. 2010년, 공유와 임수정 주연의 〈김 종욱 찾기〉가 스크린에 걸린 것이다. "호기심이 많고 도전하는 걸 좋 아해요. 결정하는 데 시간이 오래 걸리지만, 일단 하겠다고 결심하면 뒤는 안 보고 달리는 편이에요. 영화가 그랬어요. 물론 지금 돌아보면 첫 영화인 〈김종욱 찾기〉에는 부족한 것들이 많이 보이죠. 그때는 기 준 자체가 명확하지 않았기 때문에 얼마나 해야 끝인지 알 수가 없었 거든요."

그 아쉬움을 설욕하고자 장유정 씨는 2012년 개봉을 목표로 두 번째 영화를 준비하고 있다. 이번에는 뮤지컬 〈형제는 용감했다〉를 영화 로 만들 계획. 그간 작품을 위해 심리학에 법의학까지 몸소 배우며 철 저히 준비했던 장유정답게 영화에 나오는 부동산 이야기를 제대로 풀어내기 위해 한남동, 채부동, 양평, 판교 등에서 직접 땅 보고 상가 보며 공부를 하고 있었다. "〈형제는 용감했다〉는 만화적인 부분을 제 외하고 시대상황도 바꿀 생각이에요. 이제 시나리오 들어가는데 그 동안 놀았느냐. 아니요! 미친 듯이 준비했어요. 6개월 동안 기획하고

3개월 동안 트리트먼트 짜고. 필요하다고 생각되면 바로 찾아보고 추진하니까요."

장유정의 테마는 사람
그리고 사람살이

          그녀의 첫 영화는 원작인 뮤지컬만큼 흥행에 성공하지는 못했다. 당초 작은 극장에 맞춰 태어난 이야기였기에, 무대 위 깨알같이 이어지던 재미들이 스크린으로 확장되면서 오밀조밀한 맛을 잃고 밍밍해졌다. 그러나 나는 영화 〈김종욱 찾기〉에서 연출가로서 장유정 씨가 쌓은 리더십과 인간미를 확인할 수 있었다. 공연시장에서 몸값 높기로 소문난 오만석, 엄기준, 원기준, 신성록, 정성화, 오나라를 비롯해 서현철, 조한철, 이지하, 장영남 등 베테랑 배우들이 이름 없는

"작품에 담아내고 싶은 화두는 언제나 휴머니티에요."

단역도 마다하지 않고 대거 우정 출연한 것이다. 실제로 인터뷰 차 만났던 많은 배우들도 언제나 공연을 함께 하고픈 영향력 있는 연출가로 장유정 씨를 꼽았다.

"누가 그러던가요? 리스트를 뽑아주세요(웃음). 공연은 다양한 직군의 수많은 사람들이 만드는 것이라서 과정 또한 행복해야 한다고 생각해요. 그래야 잘할 수 있고 좋은 작품이 나오거든요. 그래서 연출가의 역할이 중요하죠. 오케스트라의 지휘자, 대원을 끌고 가는 산악대장처럼 연출가도 대본을 해석하고 많은 식구들을 이끌고 하나의 행로를 뚫어야 하니까요. 배우든 스태프든 어떤 연출가와 함께하느냐에 따라 발휘할 수 있는 역량에는 큰 차이가 있어요. 저는 장점을 끌어내는 데 주력해요. 그래서 최대한 애정을 갖고 충분히 관찰하죠. 물론 못할 때는 지적도 하지만 뒤끝은 없어요. 일사부재리의 원칙처럼 같은 일로 두 번 화내지는 않아요(웃음)."

그녀는 특히 좋은 배우를 만들어가는 과정에 보람을 느낀다. "〈오! 당신이 잠든 사이〉의 경우 신인들이 많은데, 오디션 때 이렇게 말합니다. '저는 유명한 배우들과 이 작품을 하지는 않습니다. 하지만 곧 유명해질 배우들과 합니다'라고요. 무대가 낯선 친구들은 아직 스스로를 기술적으로 예쁘게 표현하는 방법을 모를 뿐이지, 실력이나 진정성은 충분해요. 그 빵빵한, 손대면 톡 하고 터질 것만 같은 아이들을 제가 잡아와서(웃음) 톡 하고 건드렸을 때 '방방곡곡 콸콸콸' 넘쳐 흐르는 재능을 보는 재미가 정말 보람차요."

사람과 사람 관계에 대한 그녀의 애정 어린 관찰은 작품에도 고스란히 묻어난다. 장유정 씨의 작품을 접하면 유치함에 손발이 오그라들고 코믹함에 박장대소하는 사이, 사람냄새 물씬 나는 뭉클한 것이 재빨리 치고 들어와 눈물을 쏙 빼는 경험을 하게 된다. "작품에 담아내고 싶은 화두는 언제나 휴머니티예요. 주위에서 저더러 굉장히 정이 많다고 하는데, 그게 제가 아티스트로 걸어갈 수 있는 원동력인 것 같아요. 인간과 인간의 관계, 결국은 그 관계에서 휴머니티가 나온다고 생각하거든요. 우리는 사람 때문에 상처받지만, 결국 타인이 보듬어 줄 때, 사람의 힘으로 살아가잖아요. 인간의 에너지, 인간을 움직이는 모토는 결국 인간이고, 저에게는 변하지 않는 화두예요."

올해 나이 36살의 아직은 젊은 연출가를 천재로까지 부르는 이유도 여기에 있다. 창작뮤지컬의 경우 수많은 수상 경력보다 확실한 담보는 관객들의 입소문. 뮤지컬 〈오! 당신이 잠든 사이〉는 지난 2005년부터, 〈김종욱 찾기〉는 2006년부터 평균 객석 점유율 90퍼센트 이상을 유지하며 대학로를 지키고 있다. 작품에 담긴 휴머니즘, 작품을 만들어가는 사람들 간의 끈끈한 정이 이뤄낸 성과인 것이다.

장유정은
슈퍼우먼이 아니다

뮤지컬에 영화, 대학 강의에 TV 프로그램 패널, 게다가 그녀는 아내이자 며느리이며 네 살배기 아이의 엄마다. 이쯤 되면 '슈퍼우먼'이라는 말이 절로 나온다. "바빠서 못 살겠다 정도는 아니에요. 일수일에 한 번씩 30분 단위로 스케줄을 짜고, 거기에 맞춰 중요한 일부터 처리합니다. 저희 집도 시스템이 굉장히 활성화돼 있어요. 영국식 시스템입니다, 예약을 하지 않으면 남편과 면담도 하지 않아요(웃음)."

그렇다, 그녀는 일과 가정이라는 두 마리 토끼를 웃으며 잡기 위해 공연의 큐시트를 짜듯 일상을 빈틈없이 시스템화했다. 또 우선순위를 확실히 취하기 위해 나머지에 대해서는 마음을 비우는 법도 채득했다. "결혼할 때도 시스템 쪽으로 머리를 돌렸어요. 제가 가장 중요하게 생각하는 것, '나의 일을 인정해줄 것, 가정과 일에 성실할 것'만 만족되면 키가 작든 못생기든 돈을 못 벌든 상관하지 말자고 생각했죠." 그녀는 아이와도 타협을 봤다. "우리는 굉장히 쿨합니다. '내가 친구 아들과 너를 비교하지 않을 테니, 너도 친구 엄마와 나를 비교하지 말라'고 해요(웃음). 미안한 부분도 있지만, 대신 저만의 무언가를 알려줄 수 있겠죠."

장유정 씨도 힘이 부칠 때가 있다. 그녀의 표현을 빌리자면 우울한 기분이 30분만 들어서 탈이라지만. 아마도 평상시 마라톤과 수영으로 자신을 단련하는 근육을 키운 덕분이리라. "10킬로미터를 뛴다면 달을 보면서 달리는 5킬로미터에서는 하루 동안 있었던 일을 생각하면서 욕을 해요. '어떻게 그럴 수 있어, 조연출은 말도 안 듣고 배우들은 날 무시해(웃음).' 그리고 달을 등지고 되돌아올 때는 용서하는 거죠. 그 사람들이 그럴 수밖에 없었던 이유, 어차피 다 상대적이라서 혼자 이상할 수는 없거든요. 그렇게 달리다 보면 허벅지 근육과 함께 자신을 단련하는 근육도 생기는 것 같아요."

장유정은 오늘도 발칙한
도전을 꿈꾼다

오픈 - 런(끝나는 날짜가 정해지지 않은)
으로 공연되고 있는 그녀의 작품들은 사실 끊임없이 진화하고 있다.
그녀는 공연 중인 작품에도 새로운 아이디어가 떠오르면 리모델링에
머무르지 않고 재건축까지 단행한다. 덕분에 〈오! 당신이 잠든 사이〉
의 경우 초연 때와는 전혀 다른 작품이 됐다. "예술가로서 '답습'은
만족할 수 없는 부분이죠. 롱런하는 작품은 연출가에게 기쁨이면서
부담이에요. 관객들의 눈이 날마다 높아지는 만큼 계속 다듬고 수정
해야 하니까요. 〈오! 당신이 잠든 사이〉 같은 경우는 이번이 15차인
데 14차에서 15분을 잘라냈어요. 무대에서 15분이면 굉장히 긴 시간
이에요. 10차에는 안무를 모조리 바꿨고, 5차 때는 노래 5곡을 새로
넣었고요. 결국 7년 전이나 지금이나 연습량은 똑같아요."

그녀가 머무르지 않고 여전히 내달릴 수 있는 것은 발칙한 상상 덕분
이다. '안 될 거야'가 아니라 '마음껏 상상하자'의 정신이 지금의 장
유정을 만든 것이다. "다 성공한 것처럼 보이지만, 저도 거절당할 때
가 있고 책임감 때문에 운신의 폭이 좁아지기도 하죠. 그렇지만 극복
하려고 노력해요. 저는 발칙한 상상을 좋아하는데, 예술가로서 상상
하는 데는 옳고 그름이 없고, 안 되는 것도 없다고 생각해요. 안 되는

게 얼마나 많은데 상상이라도 마음껏 해야죠. 그게 예술가의 특권이고, 그렇게 상상한 것들이 무대에서 공연되고 영화로 만들어지는 거잖아요."

그녀에게 성공은 꿈꿨던 일들을 하는 것. 그런 면에서 그녀는 성공한 사람이다. 하지만 장유정은 여전히 발칙한 상상을 즐긴다. "지난해에는 안나푸르나에 가고 싶었어요. 아이를 낳은 지 얼마 되지 않아서 몸이 안 좋았지만, 열심히 운동을 했죠. 결국 14일 동안 다녀왔고, 저는 또 꿈을 이뤘어요. '장유정'을 떠올리며 하는 발칙한 상상은 '도전'이에요. 계속 도전해야죠. 영화는 물론이고 오페라 연출을 꼭 해보고 싶어요. 패션쇼 연출도 해보고 싶고, 기회가 된다면 배우 오디션 프로그램에도 참여했으면 좋겠어요. 배우 만드는 걸 좋아하거든요. 그러고 보니 하고 싶은 게 여전히 참 많네요(웃음)."

후배들을 만날 다음 일정이 있던 그녀는 신발을 운동화로 갈아 신고 대중교통을 이용해 학교로 향했다. 그 뒷모습에서도 '밝은 에너지'가 쏟아졌다. 장유정 씨를 만나보니 그녀의 작품들이 더욱 정확한 메시지로 다가왔다. 만화에나 나올 법한 유치한 상상력은 삶의 구석구석을 면밀히 살핀 깊은 통찰력과 더해져 진한 재미와 감동으로 다가왔던 것이다. 그 털털함과 섬세함의 오묘한 조화가 연출가 장유정, 그리고 그녀가 만든 작품들의 매력이 아닐까?

시간이 한참 지난 지금도 그녀의 호방하면서도 자극적인 웃음소리를 떠올리면, 일단 한 번 흉내를 내 웃어보고, 다음에는 축 늘어진 나의 꿈과 희망을 추스르게 된다. 예술가로서 사람들과 더불어 호흡하되, 상상의 한계만은 낮추지 않는 장유정. 그녀의 거침없는 도전 목록에는 또 어떤 것들이 더해졌을까?

무대 위에서
진정한 자존심을
배우다

류정한
뮤지컬 배우

대학 때 서울로 유학 온 내가 인생에서 처음 만난 뮤지컬은 1997년 세종문화회관에서 공연된 〈웨스트사이드 스토리〉였다. 대형 무대를 바라보며 한껏 기대에 찼으나, 쉼 없이 움직이며 노래하는 배우들의 부지런함이 무색하게 공연은 지루하기 그지없었다. 덕분에 대학을 졸업할 때까지 다시는 뮤지컬을 보지 않았다. 그런데 1997년의 〈웨스트사이드 스토리〉가 첫 뮤지컬이며 이후 3~4년은 뮤지컬과 멀리 살았던 사람이 또 있었으니, 바로 뮤지컬 배우 류정한 씨다. 그때만 해도 성악도가 뮤지컬을 하는 것이 흔치 않았던 일이기에, 객석에서 그의 고운 목소리를 유심히 들었던 기억이 있다. 그리고 15년이 지난 지금, 어느덧 그는 대한민국 대표 뮤지컬 배우로, 나는 공연을 취재하는 기자로 얼굴을 맞대고 있다. 그러나 반가움보다는 스트레스가 스멀스멀 올라온다. 사실 류정한 씨는 무대 안팎에서 차갑고 도도하기로 소문이 자자하기 때문이다. 그런데도 이 남자, 뮤지컬 제작자들과 관객들이 탐내는 일등 뮤지컬 배우다. 도대체 콧대 높은 자존심 뒤에 무엇이 있단 말인가?

데뷔는 화려했지만
무대를 몰랐다

남산자락에 자리한 연습실. 음악도 테이블도 없는 작은 방에서 종이컵을 들고 그와 마주 앉았다. 사진 촬영이 따로 없었던 관계로 그는 트레이닝복 차림에 머리카락도 다소 헝클어져 있다. 느릿하고 속삭이는 말투. 그런데도 몸에서는 광선이 뿜어져 나오는 것 같다. 류정한 씨는 정중했지만 소문대로 찬바람이 쌩 돌았다. 별수 없이 비장의 무기를 꺼냈다. 15년 전 세종문화회관에 있었다고. "세종문화회관 직원이셨어요?"

아이구야, 이 차도남은 유머감각이 약한 것 같다. 어쨌든 약발은 먹혔으니, 데뷔작을 봤다는 나의 말에 그는 어깨에서 힘을 빼고 마음까지 살짝 열어주었다. "그때 보셨어요? 정말 창피해서(웃음). 뮤지컬은 우연한 기회에 하게 됐어요. 1994년쯤 록뮤지컬인 〈지저스 크라이스트 슈퍼스타〉를 봤는데 무척 인상 깊더라고요. 그 뒤에 지금 뮤지컬해븐의 대표인 박용호 선배가 〈웨스트사이드 스토리〉를 오리지널 키로 한다며 오디션을 보라더군요. 외국 연출팀이 잘 봐서 정말 운 좋게 참여하게 됐죠."

서울대 성악과 출신이 오페라가 아니라 뮤지컬이라니. 덕분에 그의 데뷔는 웬만한 일간지와 스포츠신문 문화면을 장식했다. 그러나 공연이 끝나고 그를 찾는 사람은 아무도 없었다. "그때는 제가 뭐가 된 줄 알았어요, 신문에 나고 그러니까. 그런데 상황이 제 생각하고는 완전히 다르더라고요. 이쪽 바닥에서는 제가 연기도 못하고 노래도 너무 성악적으로 한다고 욕들을 많이 했나 봐요(웃음). 게다가 연출가나 제작자들과 별다른 친분을 유지하지도 않으면서 당연히 저를 찾을 서라고 생각했어요. 건방졌죠. 아무도 안 찾더군요. 3~4년은 고생 좀 했어요(웃음)."

무대에서
진정한 자존심을 배우다

류정한 씨가 무대에서 다시 주목받은 것은 2001년 뮤지컬 〈오페라의 유령〉 때였다. 라울로 확실히 이름을 알리며 이후 러버 역할을 도맡았다. 그리고 2006년 〈지킬 앤 하이드〉를 통해 연기 영역을 확대하면서, 〈쓰릴 미〉〈스위니 토드〉〈이블데드〉〈맨 오브 라만차〉〈몬테크리스토〉〈영웅〉 등 화제가 된 작품에는 항상 그의 이름을 올렸다. "〈오페라의 유령〉에서 라울을 맡은 이후로는 러버 역할을 도맡으면서 이른바 달달한 노래들을 많이 불렀죠. 그러다 〈지킬 앤 하이드〉에서 색다른 모습이 나오니까 다양한 역할들이 들어오더라고요."

그러나 뮤지컬 데뷔 15년차치고는 참여한 작품 수가 많지 않다. 자리도 잡기 전에 한껏 콧대를 세웠고, 이름이 알려진 뒤에도 날선 자존심을 뽐냈기 때문이다. "이상하게 '나는 좀 다르다'는 생각을 했던 것 같아요. 초창기에는 경험 삼아서라도 여러 공연을 해야 하는데, 특히 〈오페라의 유령〉 이후에는 작품이 많이 들어왔지만 아무리 친한 사람이 부탁해도 작품이 마음에 와 닿지 않으면 안 했어요. '이런 것까지 하면서 에너지를 소비해야 하나'라는 생각이 들더라고요. 실력도 안 되면서 그런 생각을 했으니 아주 멍청했죠(웃음). 그때는 돈도 참 궁했는데, 그렇게 배고프면서도 아닌 척 사람들과 만나고 그랬어요. 왜 그랬는지 모르겠어요(웃음)."

하지만 조금씩 연기를 알게 되면서 무대를 진지하게 생각하게 됐고, 작품에 대한 태도도 달라졌다. "터닝 포인트는 아무래도 〈오페라의 유령〉과 〈지킬 앤 하이드〉 사이인 것 같아요. 모든 작품들이 저를 많이 도와줬고, '뮤지컬이 내가 할 일'이라고 생각하게 됐죠. 자연스레 공연에 대해서도 진지하게 생각하게 됐고요."

타고난 가창력에 공연에 대한 진지한 마음까지 더해지면서 류정한 씨는 국내 남자 뮤지컬 배우로 독보적인 자리를 지키게 됐다. 그래서

"무엇을 추구하느냐가
사람을 만드는 경우가 많더라고요."

일까? 무대 밖에서도 도도한 기운에 범접하기 힘들었던 그였으나, 어느덧 '류 라인'이 있을 정도로 후배들의 열렬한 지지를 받고 있다. "제가 좀 내성적이에요. 그런데 일힐 때 사람들이 불편해하는 것 같아서 바꾸려고 노력했죠. 요즘은 연습실에서 웃고 떠들고 후배들과 장난도 치는데, 일부러라도 바꾸니까 좋은 면이 많더라고요. 이상하게 '류 라인'이라는 말까지 생겼는데, 마음을 열고 만난 후배들 대부분이 가능성이 많고 정말 잘해요. 하지만 개인적인 욕심으로는 영화나 드라마보다 뮤지컬 무대에서 제대로 인정받고 더 빛을 발했으면 좋겠어요. 그러기 위해서는 무엇보다 마음가짐이 중요한 것 같아요. 무엇을 추구하느냐가 사람을 만드는 경우가 많더라고요."

갈등 후,
선택은 뮤지컬

2011년 초, 뮤지컬계는 들썩였다. 데뷔 후 15년간 무대만 고집했던 류정한 씨가 돌연 영화를 찍겠다고 발표한 것이다. 후배들에게 무대에서 빛을 발하라고 말했던 그였기에, 숱한 러브콜에도 영화나 드라마에는 출연하지 않겠노라 단언했던 그였기에 그 술렁임이 꽤나 컸다. "저를 알고 있는 분들에게 공공연하게 무대를 지키겠다고 했기 때문에 배신이지 않을까 걱정을 많이 했어요. 그런데 다행히도 딱 맞는 인물을 연기하게 됐다고 좋게 생각해주시더라고요. 저 역시 존경하는 것 이상으로 대단한 분을, 훌륭한 아티스트를 연기할 수 있어서 영광이죠."

무대만 고집했던 그가 15년 만에 선택한 영화 〈기적〉은 성악가 배재철 씨의 실화. 유럽 오페라 무대에서 전성기를 누리던 성악가가 갑상선 암 수술을 받다 목소리를 잃은 뒤 불굴의 재활의지로 일어선다는 내용이다. 당시 영화 촬영을 앞둔 그는 가지 못했던 성악가의 길을 연기로 경험해본다는 생각에 설렘과 부담을 드러냈던 기억이 있다. "사실 저는 성악을 전공할 생각도 없었고, 대입 석 달 전에 입시곡 두 곡 외워서 시험 봤어요. 그렇게 합격을 하니까 입학해서는 학교도 잘 안 나가게 되더라고요. 그런데 뮤지컬을 하면서는 오히려 오페라를 보면 마음이 뜨거워졌어요. 너무나 잘하는 동기들을 보면 '아, 나도 함께할 수 있었는데…' 하는 마음도 들고. 그래서 연기로나마 성악가의 길을 가본다고 생각하니까 무척 설레고 감사해요."

그랬던 그가 얼마 전 영화 출연을 포기하겠다고 밝혔다. 영화 〈기적〉의 촬영이 늦춰지면서 출연을 염두에 두고 있던 뮤지컬 〈엘리자벳〉의 공연 시기와 일정이 겹친 것이다. 류정한의 선택은 뮤지컬. 항상 주인공으로 무대를 장악했던 그가 여성 원톱 뮤지컬 때문에 영화를 포기하는 것이 다소 의아했다. 그런데 곰곰이 생각해보니 그 마음이 이해됐다. 러브콜이 잇따르는 톱스타였기에 느끼지 못했던 무대에 대한 갈망을 본의 아니게 알게 되지 않았을까. 콧대 높은 류정한에게도 무대는 그만큼 절실한 곳인 것이다.

좀 더 내려놓는 미래를 꿈꾸다

올해 나이 마흔둘. 존재감을 벗기면 외모에서는 전혀 나이가 느껴지지 않지만, 무대에서 지킬로, 몬테크리스토로, 안중근으로 열연하는 후배들과 많게는 열 살 이상 차이가 난다. "제작자들이 '배우는 많은데 막상 찾으면 대극장에 세울 배

우가 없다'는 얘기를 많이 해요. 대극장에서 에너지를 뿜어내면서 존재감을 드러낼 수 있는 남자배우가 사실상 없는 거죠. 제가 잘한다는 얘기가 아니라, 후배들이 잘 자라서 제대로 빛을 발했으면 좋겠어요. 그리고 작품에는 역할마다 그 나이에 맞는 배우가 있어야 해요. 저도 제 나이에 맞는 역할을 해야죠."

류정한 씨가 뮤지컬 〈엘리자벳〉에서 서브 역할인 '죽음'으로 무대에 서는 이유도 같을 것이다. 모든 배역에는 의미가 있고, 이제는 선배로서 앞에서 끌어주고 뒤에서 밀어주는 역할도 자신의 몫이기 때문이다. 그것이 자존심 센 배우 류정한이 무대에서 터득한 보물이다. 그는 그렇게 욕심 없는 미래를 꿈꾼다. 좀 더 여유롭고 한가로운 날들 말이다. "나중에 정말 이탈리아에 가서 성악 공부를 다시 해보고 싶어요. 무언가 이루려고 하는 게 아니라 그냥 배우고 싶은 거 있잖아요. 그리고 좀 더 인간답게 살고 싶어요. 너무 바빠서 하지 못했던 요리도 배우고, 결혼도 그 범주에 들어가고요(웃음). 제가 가장 부러운 사람이 담배 끊은 사람과 가정을 이룬 사람이거든요. 나이가 들면 겁이 많아져요. 좋은 점을 보고 확 다가가는 게 아니라 좋은 점들 가운데 단점

하나를 보고 '안 될 거야'라며 물러나거든요. 5년쯤 뒤에는 일에 너무 치이지 않고 좀 여유롭게 살았으면 좋겠어요(웃음)."

한 시간 가까이 많은 얘기들을 쏟아낸 류정한 씨는 친히 연습실 입구까지 배웅해주었다. 남산 길을 걸어 내려오며 문득 '오만과 편견'이라는 책 제목이 생각났다. 흔히 마음이 여린 사람들은 차가움으로 자신을 무장한다. 거기에 실력이 더해지면 그것은 오만함으로 비칠 때가 많다. 하지만 '차가운 사람'들의 마음속에는 잘 표현하지 못한 '뜨거움'이 있다. 오랜 시간 부딪히다 보면 그 뜨거움이 진솔한 데다 투명하다는 것을 알기에, 깊은 인연을 맺은 사람들은 그의 곁을 떠나지 않는다. 류정한을 따르는 후배들이 많은 이유도 비슷하지 않을까. 무대에서 뿜어내는 광기 어린 연기 또한 그 열정에서 비롯됐을 것이다.

2011년 광복절 경축식에서는 뮤지컬 〈영웅〉에서 안중근 역을 맡았던 류정한 씨가 애국가를 불렀다. 15년간 굳건히 무대를 지켜온 당당함이 엿보였다. 오랜 공백이 있었지만, 그는 또다시 차가운 자존심 뒤에 숨긴 뜨거운 존재감과 진정성으로 무대를 장악할 것이다. 그것이 류정한의 저력 아니겠는가. 나는 또한 이탈리아에서 느긋하게 요리를 하고 성악을 배우고 있을 류정한 씨도 그려본다. 그때는 왠지 안팎으로 따뜻한 남자가 돼 있을 것 같다.

온몸을 내던지니
무대가 나를
구원했다

장영남
배우

화면에 비친 그녀를 발견할 때면 삽시간에 벅찬 기대감이 솟아오른다. 그녀는 생각지도 못한 장면에서 주인공 옆에 슬며시 나타나 어느새 특유의 강렬함으로 그들을 압도한다. 커다란 눈망울에 날카로운 턱선, 콧심에서 발현되는 매력적인 목소리에 마음이 홀릴 무렵, 그녀는 거침없는 악다구니로, 때로는 포복절도할 코믹 연기로 자신이 '여자'가 아니라 '배우'임을 알리는 것이다. 무대에서도 몸을 사리지 않더니 카메라 앞에서도 기가 찬다. 아니, 보고 있는 내가 다 통쾌하다. 그녀의 이름은 장영남. 이미 대학로에서는 10년 넘게 무대를 지킨 흥행보증 연극배우지만, 최근 몇 년 사이 부쩍 드라마와 영화 출연이 잦아지면서 대중적으로도 인기를 얻고 있다. 그래서 사람들이 그녀에게 관심을 보일 때면 나는 똘똘이 스머프처럼 나서서 얘기해주고 싶다. 그녀가 얼마나 대단한 배우인지, 그리고 얼마나 참한 여자인지 말이다.

기센 여자,
한결같은 강렬함

　　　　　　　　　최근 3년간 장영남 씨의 출연작을
헤아려보니 참으로 대단하다. 영화와 드라마, 연극을 오가며 무려 20
여 편에 참여했는데, 무대에서는 단연 주연을, 카메라 앞에서는 강력
한 조연을 맡아왔다. 특이한 점은 20여 편의 배역이 하나같이 강렬하
다는 것이다. 미쳤거나, 거침없이 욕지거리를 내뱉거나, 무서울 정도
로 우악스럽거나, 무식하거나, 처참히 죽거나. 모처럼 세련된 여성의
면모를 갖췄다 싶으면 악녀이거나 서슬 퍼런 카리스마를 자랑하거나
못 말리게 웃기다.

실제로 영화 〈푸른 소금〉에서는 남녀 주인공이 만나는 요리학원의
꼬장꼬장한 강사로 나와 신랄한 꾸지람을 흩뿌렸고, 〈김종욱 찾기〉
에서는 공유의 누나로 분해 무능력한 동생을 잡아먹을 듯 압박했다.
〈퀴즈왕〉에서는 류승룡의 우악스러운 아내 역할을, 〈거룩한 계보〉
에서는 정재영의 손대면 폭발할 것 같은 기센 여자로 나왔다. 또 TV
드라마 〈대물〉에서는 카랑카랑한 보좌관으로 고현정의 기에 대적했
고, 〈사랑을 믿어요〉에서는 코믹한 변호사로 나와 특유의 콧소리와
천의 표정을, 〈해를 품은 달〉에서는 거열형에 처해진 무녀 '아리'로
폭풍 연기를 보여줬다.

본연의 연극무대에서 그녀의 연기력은 더욱 확장된다. 연극 〈버자이너 모놀로그〉〈멜로드라마〉〈경숙이 경숙아버지〉〈서툰 사람들〉〈너무 놀라지 마라〉〈경남창녕군길곡면〉〈산불〉 등에서 그녀는 깊이 있고 존재감 있는 연기로, 존재가 각인될 수밖에 없는 연기로 항상 무대의 중심에 있었다. "제가 생각해도 캐릭터가 참 강한 것 같아요. 그런데 개인적으로는 그런 게 좋아요. 여성스럽고 차분한 건 제 안에 없는지, 무대 위에서 그런 모습을 표현할 때면 갑갑하더라고요. 제 음색도 그렇고, 그냥 그게 저의 색깔이라고 생각해요."

무대에서
원 없이 풀어내다

장영남 씨는 이렇듯 돌변하는 막강한 연기력 때문에 박근형, 장진 등 이름 있는 연출가와 감독들이 손꼽는 배우다. 덕분에 독특하고 선 굵은 캐릭터만 도맡아왔다. 그래서 놀라지 않을 수 없었다. 연극이 끝난 뒤 객석에 나란히 앉은 그녀는 무대 위에서 열연하던 모습보다 훨씬 작고 여리고 여성스러웠던 것이다. 도대체 그 억척스럽고 괴팍하고 사나운 모습은 어디에 숨어 있단 말인가. "무대에서는 평상시에 못 해본 걸 원 없이 풀어보는 것 같아요. 그래서 저에게는 무척 절실한 곳이죠. 원래 성격이 맡아온 인물

처럼 강하지는 않아요. 발랄할 때도 있고 소심할 때도 있지만, 낯은 많이 가려요. 이렇게 말하면 다들 거짓말이라고 하지만요(웃음)."

1973년생, 벌써 40대로 접어든다. 최근 화면을 통해 관심을 갖게 된 사람들은 느지막이 연기생활을 시작한 신인으로 알지만, 계원예고를 거쳐 서울예대 연극과를 졸업한 후 1995년 극단 '목화' 단원으로 무대에 입성했으니 연기만 20년이다. 게다가 당시 목화는 황정민, 김수로, 유해진, 임원희 등이 속해 있던 최정예 극단. 그녀 역시 연극계 간판 여배우로 잔뼈가 굵었다. 누구도 따라올 수 없는 강렬함은 20년 연기 내공이 빚어낸 뜨거운 산물인 것이다. "관객을 만난다는 건 항상 설레고 떨리는 것 같아요. 긴장해서 연습 때보다 안 되는 것도 있지만, 역시 관객을 만날 때 새롭게 얻어내는 호흡도 있고 힘도 생기거든요. 작품은 사실 다 욕심이 나요(웃음). 제 색깔이 분명히 있지만, 저와 맞는 것도 하고 싶고 때로는 전혀 다른 것도 해보고 싶고요. 번역극보다는 제가 인물을 다시 창조할 수 있는 창작극을 더 좋아하긴 해요."

물론 '장영남'이라는 이름이 관객들에게 확실한 믿음을 주기까지는 그만큼 극한 고통의 시간도 뒤따랐다. 20대를 바친 무대. 그러나 무대는 온몸을 내던질 때 비로소 구원의 길을 열어주었다. "서른을 넘기면서 무언가 제자리걸음을 하고 있다는 답답함이 있었어요. 그것을 극복할 수 있었던 게 〈버자이너 모놀로그〉였어요. 사실 모놀로그는 무대와 객석을 혼자서 책임져야 하기 때문에 더 많이 경험하고 성장한 뒤 하고 싶었어요. 그래서 당시에는 시한폭탄을 들고 뛰어든 것이나 마찬가지였죠. 정말 두려웠고, 공연 내내 벼랑 끝에 달랑달랑 매달린 기분이었어요. 하지만 덕분에 새로운 자신감을 얻었던 것 같아요."

명품 조연?
무대 위 작은 거인

　　　　　　　　　　　영화와의 인연은 참으로 우연히
찾아왔다. 2002년 연극 〈웰컴 투 동막골〉로 장진 감독과 인연을 맺
은 그녀는 2004년 장진 감독의 〈아는 여자〉로 스크린에 얼굴을 내비
쳤다. 그 뒤 〈박수칠 때 떠나라〉〈거룩한 계보〉〈7급 공무원〉〈애자〉
〈하모니〉〈퀴즈왕〉〈헬로우 고스트〉〈김종욱 찾기〉〈푸른 소금〉
〈Mr. 아이돌〉 등에서 강단 있는 연기로 눈길을 사로잡았고, 2008년
부터는 〈달콤한 인생〉〈별순검 시즌2〉〈나는 전설이다〉〈대물〉〈해
를 품은 달〉 등의 드라마에도 모습을 드러냈다. "20대 때는 영화 오
디션 자체를 거부했어요. 그런데 나이가 들면서 '배우'라는 큰 틀은
같고, 드라마나 영화를 통해 영역을 넓혀가고 사람들을 알아간다는
게 곧 성장이라는 생각이 들더라고요. 특히 드라마는 사람들과 일상
적으로 만나는 거니까요. 저는 아직 다져진 배우가 아니라는 생각이
강렬해요. 그래서 새로운 작업을 통해서 항상 얻고 싶고, 또 거기서
얻은 것을 무대에서 표현하고 싶어요."

하지만 스크린이나 브라운관을 통해 표현되는 연기는 그 메커니즘이
무대와는 많이 다른 법. 무대 위에서 마음껏 포효하던 그녀에게는 카
메라를 쫓는 연기가 퍽이나 답답했다. "답답했죠. 정말 답답해서 죽

을 뻔했어요(웃음). 드라마나 영화는 카메라와의 호흡이 중요한데, 저는 무대에서 많이 움직이는 편이라, 카메라 앞에서 연기하는 것이 굉장히 조심스러워요. 그래서 이렇게 무대에 오니까 살 것 같아요."

무대에서 항상 중심에 서 있는 장영남 씨는 드라마나 영화에서는 여전히 조연이다. 하지만 자신의 내공을 몰라주는 안타까움보다는 배우로서 또다시 모든 것을 내던질 수 있는 '장영남의 장'을 만들어가는 과정이라 생각한다. "모든 배우들이 스타를 꿈꾸지만 저는 그렇지는 않아요. 제가 하는 걸 충실히, 그리고 잘 해내고 싶다는 마음이 가장 중요하거든요. 드라마를 하면서는 무대에서 쌓은 걸 풀어내는 게 아니라 상황이나 여건에 따라 다시 시작해야 한다는 느낌이 들 때 굉장히 속상했어요. 그런데 그것도 겪어야 할 부분이더라고요. 연극도 충분히 고통의 시간이 있었고 그 시간 때문에 계속 무대에 설 수 있는 것처럼, 방송도 마찬가지인 것 같아요."

배우로서
자존심은 지키겠다

문득 장영남 씨의 코에서부터 징징 울려 퍼지는 독특한 웃음소리가 생각났다. 때로는 캐릭터와 맞지 않을 정도로 엉뚱한 그 웃음은 무거운 무대에 짓눌린 관객들을 삽시간에 풀어주는 매력이 있다. "듣기에 거북하시죠. 저희 아버지는 어디 가서 그렇게 웃지 말라고, 그래서 시집 못 가는 거라고 그러세요. 일상에서도 웃음소리가 독특하기는 한데, 아무데서나 그렇게 웃지는 않아요(웃음)." 브라운관과 스크린에서의 활동이 잦아지면서 요즘은

"무대의 소중함, 또 그것에 대한 자존심은 지켜야 한다고 생각해요."

그 독특한 웃음소리를 마음껏 들을 수 없어 안타깝다. "지금까지 배우로서 쌓아놓은 게 있는 만큼 또 다른 연기 환경에 적응하는 시간이 길어지면 안 되겠죠." 낯선 드라마 제작 환경에 발을 내딛을 때 그녀가 했던 말이다. 역시나 영민한 그녀는 짧은 시간에 브라운관에서도 인정받는 배우가 됐고, 다양한 캐릭터로 얼굴을 내비치고 있다. 하지만 화면에서 강렬하게 치고 빠지는 연기뿐만 아니라, 온 무게로 무대를 장악하는 장영남의 연극이 그리운 것은 사실이다.

그녀는 영화와 드라마로 영역을 넓혀가고 있지만, 중심을 잃지 않겠다고 했다. 관객들이 알고 있는 연극배우 장영남의 자존심은 지키겠다는 말이다. "배우로서의 자존심은 필요해요. 무대의 소중함, 또 그것에 대한 자존심은 지켜야 한다고 생각해요. 제가 무대에서 걸어왔던 시간들을 무너뜨리지 않으면서, 연극은 물론이고 다른 매체에서도 길게 호흡하는 배우가 되고 싶어요. 그렇게 움직일 수 있을 때까지 죽도록 달리고 싶어요."

무대 위에서는 한없이 커다랗게 느껴졌건만, 이렇게 객석에 앉아 얘기를 나누고 있자니 그녀는 커다란 눈망울을 지닌 수줍은 사슴 같다. 이 가녀린 몸 어디에서 그렇게 강렬한 카리스마가 뿜어져 나오는 것일까. 그래서 나는 장영남 씨를 무대 위 작은 거인이라 부른다. 또한 배우가 얼마나 놀라운 존재인지 깨닫는다. 객석에서 만난 그녀는 역

"연극은 물론이고 다른 매체에서도 길게 호흡하는 배우가 되고 싶어요."

척스럽지도, 우악스럽지도, 사납거나 포악하지도, 우습거나 꼬장꼬
장하지도 않다. 정말 아름답고 우아한 여인이다. 나는 무대 안팎의 모
습이 너무나도 다른 '이중적인' 장영남 씨를 통해 알게 됐다. 배우가
온몸을 던질 때, 그들에게 불가능은 없음을. 때로 배우는 스스로를 뛰
어넘을 수 있음을 말이다.

'연극도 충분히 고통의 시간이 있었고, 그 시간 때문에 계속 무대에 설 수 있는 것처럼, 방송도 마찬가지인 것 같아요.' 그 말을 입증이라도 하듯 지난 몇 년간 묵묵히 카메라 앞을 지켜온 그녀는 요즘 드라마는 물론이고 CF에까지 모습을 드러내며 자신의 존재감을 드러내고 있다. 그리고 인터뷰 때마다 희망하던 결혼까지, 그것도 7살 연하와 골인했다. 정말 '말하는 대로, 마음먹은 대로' 되는구나. 나는 자존심을 치켜세우고 오늘도 죽도록 달리고 있을 장영남 씨를 열렬히 응원한다. 언제까지나 '스타가 아닌 배우'로서 짙게 호흡하고 욕심껏 포효하는 그녀를 만나고 싶다.

해마다 봄이 되면
어린 시절 그분의 말씀
항상 봄처럼 꿈을 지녀라
— 조병화, '해마다 봄이 되면' 중에서

2

항상
봄처럼
꿈을 지녀라

별을 사랑하는 청년이 있었다. 그는 항상 별을 꿈꾸고 모든 생각을 별에게 보냈다. 하지만 사람이 별을 끌어안을 수 없음을 그도 알고 있었다. 아니, 알고 있다고 생각했다. 그는 충족될 희망도 없이 별을 사랑하는 것이 자기의 운명이라고 생각했다. 그러던 어느 날 밤 그는 바닷가 높은 낭떠러지에 서서 별에 대한 사랑을 불태우고 있었다. 그리하여 그리움이 절정에 달한 순간 그는 몸을 던져 별을 향해 허공으로 비상했다. 그런데 그 도약의 순간 그는 번개처럼 생각했다. 정말 되지도 않을 일이다! 라고. 그렇게 그는 바닷가에 떨어졌다. 그는 사랑하는 법을 이해하지 못했던 것이다. 만일 뛰어오르던 순간 굳고 확실하게 자신의 사랑을 믿었다면 그는 하늘로 날아올라 별과 하나가 되었을 것이다.

– 헤르만 헤세, 《데미안》 중에서

'간절히 원하면 이루어진다'고 한다. 하지만 우리는 '간절히 원해도 이루어지지 않는 것이 있다'는 것도 알고 있다. 아니, 알고 있다고 생각한다. 그래서 꿈을 꾼다는 것은, 그렇게 꿈에 가까이 다가선다는 것은 세상의 보편타당한 관념과 그보다 더 무서운, 손에 쥐고 있는 카드를 빤히 알고 있는 자신과 끊임없이 싸워나가는 것이 아닐까. 2장에서 만난 배우들은 '꿈꾸는 법'을 제대로 알고 있는 사람들이다. '너는 안 돼, 안 될 것이다, 안 되면 어떡하지?'라며 발목을 잡는 숱한 생각들을 뿌리치고 멋지게 뛰어올라 별과 하나가 된 사람들. 그들은 자신의 꿈을 사랑했고, 무엇보다 스스로를 믿었다.

나는 날마다
더 나아지고
있다

신성록

배우

얼마 전 그가 입대했다는 소식을 들었다. 서른이 되면 군대에 갈 거라고 밝혔지만, 막상 앞으로 2년은 공연장에서 그리고 TV나 극장에서도 볼 수 없다고 생각하니 새삼 그의 빈자리가 느껴졌다. 그만큼 몇 년 사이 그의 존재감이 묵직해진 것이리라. 187센티미터의 훤칠한 키에 잘생긴 외모, 다소 무뚝뚝한 캐릭터로 수많은 여심을 뒤흔든 그는 배우 신성록. 우연히도 나는 그가 파릇파릇한 신인일 때, 그리고 입대 전 한창 주가를 올리고 있을 때 단독 인터뷰로 만난 적이 있다. 그래서 배우 신성록에 대해서라면 할 말이 많다. 그사이 그가 배우로서 얼마나 성장했는지 잘 알기 때문이다. 특히 여전히 무대를 지키고 있는 그의 모습에서 나는 신선한 충격을 받았다. 훌륭한 배우가 되겠다는 그의 마음가짐과 무대에 대한 애착은 생각보다 강렬했던 것이다.

1막 – 드라큘라

사실 많은 누님 팬들은 이른바 '내가 찍은 새끼 배우'가 무럭무럭 커가는 모습을 바라보며 큰 기쁨을 느끼곤 한다. 자신의 안목에 대한 대대적이고 공식적인 검증이며, 스타를 초창기 때부터 알고 있다는 뿌듯함인 것이다. 배우를 만나는 기자도 비슷한 심리인데, 거기에 누나이기까지 하니 처음 신성록 씨를 만날 때 얼마나 큰 기대를 했겠는가.

신성록 씨를 처음 본 무대는 2006년 뮤지컬 〈드라큘라〉 때였다. 우선 깜짝 놀랐다. 신성우 씨의 무대를 욕심내다 밀려서 보게 된 그는 그야말로 '될성부른 나무의 떡잎'이었다. 신 씨 집안의 유전자에 깊게 감탄했을 정도라면 상상이 될까. 그로부터 1년 뒤 나는 뮤지컬 〈댄싱 섀도우〉에 참여한 그를 인터뷰하기 위해 예술의 전당 연습실로 향하며 또다시 깜짝 놀랐다. 탁월한 외적 인프라 때문인지 처음부터 주인공만 맡아왔지만, 이렇게 빨리 성장할 줄은 몰랐던 것이다. 당시 〈댄싱 섀도우〉는 8년의 준비과정을 거쳐 제작비만 50억 원이 투입된 대작. 26살의 신성록은 김성녀, 배해선 씨 등과 함께 예술의 전당 무대에 선 것이다. "대단한 영광이죠. 제 나이에 이렇게 큰 뮤지컬의 주인공으로 예술의 전당 무대에 선다는 것 자체가 엄청난 경험이고, 앞으로 많은 도움이 될 거라 생각합니다."

하지만 너무 많은 것들이 넘치게 투입된 작품은 어렵고도 재미가 없었으며, 그 안에서 특별한 캐릭터를 살리지 못한 신성록 씨는 배우로서 어떤 감흥도 주지 못했다. 당시에도 다수의 CF와 영화에 참여하고 있었던 만큼, 나는 그가 곧 무대를 떠나리라 생각했다. 솔직히 말하자면, 그가 스크린의 스타로 클 가능성은 다분한 반면, 무대에서 살아남을 재능은 없어 보였기 때문이다.

2막 – 몬테크리스토
(기량 면에서 크게 성장했음을 확인할 수 있었던 작품, 2010년)

　　　　　　　그 뒤 신성록 씨는 예상처럼 브라운관과 스크린에서 비중을 넓혀갔다. 예능 프로그램에 출연하더니 주말드라마 〈이웃집 웬수〉의 주인공 '장건희'까지 꿰찼다. 수많은 누님 팬들과 함께 나 역시 당연한 과정이라 생각했다. "드라마나 영화도 연기의 맥락에서는 같다고 생각해요. 인지도가 높아진 면은 있죠. 특히 주말드라마를 하니까 어머니들도 많이 알아보시더라고요. 전라도 장성댐에 낚시하러 갔는데, 구멍가게 아주머니가 저를 알아보셨어요. '드라마의 힘이 이런 거구나' 실감했죠."

"이제는 부담도 무대의 한 부분이라고 생각해요."

언젠가 배우 장영남 씨가 동료 배우에게 했던 말이 생각났다. '연극은 10년 해도 아무도 못 알아보는데, 드라마 조연 한 번 하니까 사람들이 알아본다'고. 그 역시 생각지 못한 드라마의 힘에 행복한 고민에 빠질 때가 있다. "저는 타고난 연예인 기질은 없나 봐요. 보통 때도 신경을 좀 쓰고 다녀야 하는데, 편한 게 좋고 다른 사람 신경 쓰고 싶지 않거든요. 그러다 보니 행색이 안 좋을 때도 있고 연기 때문에 예민할 때가 있는데, 알아봐주시고 반가워해주시면 때로는 불편할 때가 있더라고요."

어쨌든 배우로서 타고난 유전자였으니 여기까지는 크게 놀라지 않았다. 그런데 2010년 뮤지컬 〈몬테크리스토〉를 보고, 나는 또다시 깜짝 놀랐다. 그의 외적인 모습보다 배우로서의 기량이 눈에 들어왔고, 덕분에 작품에서 재미가 느껴졌기 때문이다. 몇 년 사이 그는 뮤지컬 배우로서도 일취월장했던 것이다. "뮤지컬 〈몬테크리스토〉를 하면서 배우로서 새로운 각오를 다졌어요. 이번 작품에서 좋은 결과를 내지 못하면 다시는 큰 역할을 맡을 수 없겠다 생각했거든요. 제 소개를 할 때면 항상 대한민국 뮤지컬 배우라고 말씀드리는데, 뮤지컬 배우는 갖춰야 할 요소가 있잖아요. 무언가를 표현하려 해도 요소별로 부족한 게 있으면 옥에 티로 보이니까 노력을 많이 했죠."

그렇다, 뮤지컬 배우는 노래와 춤, 연기 3박자가 맞아야 한다. 그러나 신인시절 신성록 씨는 "글쎄요, 그냥 세 분야에 다리를 하나씩 걸쳐 놓지 않았나 싶은데요(웃음)." 그랬다. 그러고도 한참은 무엇 하나 나아지는 기색이 보이지 않았다. 그러나 3년 동안 그는 뮤지컬과 드라마, 영화를 넘나들며 직접 몸으로 부딪혔다. 매체와 무대의 다른 시스템은 더욱 그를 힘들게 했다. 드라마에서는 카메라를 통해 미세한 감정까지 보여줘야 하는 반면, 넓은 무대에서는 호흡과 감정을 폭발해야 하기 때문에, 드라마 쪽에서는 '왜 이렇게 오버하니'라는 말을, 무대에서는 '왜 드라마처럼 살살하니'라는 말을 번갈아 들어야만 했다. 하지만 각각의 메커니즘에 맞게 눈 돌릴 여유 없이 노력하다 보니, 각기 다른 시스템에 덤비고 깨지다 보니, 자연스레 기량이 쌓였다. "특별히 레슨을 받거나 하지는 않았어요. 작품 때마다 좋은 분들과 작업하면서 정말 많이 배웠죠. 사소하게는 목이 잠기지 않게 하려고 담배도 끊고요." 덕분에 그에게 있을 것이라고는 상상하지 못했던 놀라울 정도의 안정된 연기력과 가창력을 자신의 것으로 만든 것이다.

3막 – 영웅
(무대의 부담마저 즐긴 입대 전 마지막 작품, 2010~2011년)

2010년, 뮤지컬 〈몬테크리스토〉는 물론 〈스토리 오브 마이 라이프〉 〈틱틱붐〉 등을 차곡차곡 소화해 낸 그는 2010년 말, 뮤지컬 〈영웅〉에까지 캐스팅됐다. 안중근이라는 시대적인 인물을 연기해야 하고, 진중한 가창력이 필요한 캐릭터. 배우로서 부담이 클 수밖에 없는데, 오랜만에 다시 만난 그는 분위기 자체가 달랐다. 반갑게 웃기까지 하는 그에게 그새 성격이 바뀌었느냐고 물어보았다. "모르겠어요, 저는 그냥 살아왔으니까(웃음). 작품에 따라 달라지는 면이 있지만 기본적으로 활발한 성격이에요. 가끔은 툴툴거리고 예민하기도 하지만요."

데뷔 때부터 주인공만 맡아왔던 그이지만, 숙련도에 비해 지나치게 큰 무대에만 서느라 중압감이 느껴졌던 신인 때와 달리 이제는 여유가 느껴졌다. "사실 예전에는 너무 어려서 무식하게 덤비거나 몰라도 그냥 했다면, 그동안 경험이 쌓이면서 실력이 나아졌을 테고 노련함이 조금 생겼겠죠. 그러면서 무대를 좀 즐기게 됐어요. 예전에는 부담감 때문에 즐기지 못했는데, 이제는 부담도 무대의 한 부분이라고 생각해요."

"느끼려고 노력하는 게 아니라 심정이 자연스럽게 흘러갔어요."

대부분 서구적이고 도시적인 인물만 해와서일까. 안중근과 신성록의
이미지가 잘 맞아떨어지지 않아 애매한 표정을 지었더니, 그는 잘 어
울리지 않느냐고 되물었다. "저는 잘 맞는 것 같다고 감히 생각해요.
안중근 선생님의 감정이나 생각들이 마음에 와 닿아서, 제가 그 이미
지에 부합되고 이 인물을 어떻게 할지가 아니라 제가 그냥 그 인물이
라고 생각하고 있거든요. 느끼려고 노력하는 게 아니라 심정이 자연
스럽게 흘러갔어요." 캐릭터와 하나가 되고 무대의 부담도 즐길 수
있는, 몇 년 사이 그는 진정한 배우가 돼 있었던 것이다.

커튼콜

그러고 보니 오래 전 나의 예상은 보기 좋게 빗나갔다. 신성록 씨는 자기에게 주어진 우수한 유전자에 만족하지 않고 배우로서 필요한 많은 요소들을 매일매일 갈고닦았다. 그리고 드라마와 영화는 물론 뮤지컬 무대를 굳건히 지켰다. 그는 여전히 자신을 대한민국 뮤지컬 배우라고 강조했다. "대한민국을 대표하는 뮤지컬 배우라는 말은 아니고요(웃음). 뮤지컬 배우나 탤런트, 저는 같은 말이라고 생각해요. 하지만 저의 본업은 뮤지컬 배우이고, 무대라는 공간으로 관객들을 초대해서 함께 느끼는 감동, 그 매력은 놓을 수 없는 것 같아요."

욕심껏 뛰어왔던 20대. 지금껏 앞만 보고 달려왔던 신성록 씨는 이제 '배우'에 대해 좀 더 깊게 생각한다. "20대를 생각하면 '잘했다 잘살았다' 그런 게 아니라 '참 행복했다'는 생각이 들어요. 저는 긍정적인 편이라서 30대에도 행복할 거라 믿고 있어요. 배우가 천직이라고 생각하니까, 미래에 대한 고민은 없고요. 지금도 이렇게 동료들과 뜨겁게 울고 웃으면서 작품에 참여한다는 것 자체가 행복하거든요. 앞으로도 무대에서 진심을 전달할 수 있는 배우가 되고 싶어요. 노래 한 소절, 대사 한 마디, 제 걸음걸이, 휑한 눈빛에서도 진실한 감성이

표현돼서 관객들
에게 전달됐으면
좋겠어요."

그렇게 그는 관객
들의 마음을 움직
일 수 있는 배우
가 되고 싶다고
말했다. 집에 돌
아와 오래전에 썼
던 인터뷰 기사를
다시 읽어보니,
그때도 그는 "무
대에서 시작했고
무대 위에서 가장

"무대에서 시작했고 무대 위에서 가장 많은 것을 배우고 있어요."

많은 것을 배우고 있어요. 마지막에는 '뮤지컬 배우'로 불리고 싶습
니다"라는 말을 남겼다. 신성록 씨가 무대를 생각하는 마음이 나의
예상보다 훨씬 컸던 것이리라. 그제야 수많은 뮤지컬과 영화, 드라마
스케줄을 소화하면서도 신성록 씨가 그토록 행복해하는 이유를 알
것 같았다. 그것은 화려한 필모그래피나 모두가 알아보는 인지도의
문제가 아니라, 배우로서 연기하는 맛을 알게 된 데 따른 행복일 것이

"무대라는 공간으로 관객들을 초대해서 함께 느끼는 감동, 그 매력은 놓을 수 없는 것 같아요."

다. 인터뷰 내내 유독 눈에 띄었던 여유 역시 배우로서 갖게 된 자신 감과 만족감이 허락한 것일 터.

첫 단계에 너무 화려한 스포트라이트를 받으면 삶이 버거워지기 쉽 다. 타인의 기대는 높아지고, 집중된 이목만큼 비판의 목소리도 높기 때문이다. 제대로 배우고 숨은 기량을 펼쳐 보이기도 전에 중압감에 밀려날 때가 많다. 그래서 나는 배우 신성록 씨를 다시 보게 됐다. 긴 터널의 막막함을 이겨내고 자신의 진가를 드러냈으니 말이다. 그러 니 또다시 될성부른 나무가 장성하길 바라는 누님의 마음으로 기대하지 않을 수 있겠는가? 큰 키만큼이나 매일매일 조금씩 자라고 있는 배우 신성록의 기량을, 그의 멋진 30대를 말이다.

깨지고 엎어지고
10년 했더니
인정하더라

김수용

배우

인터뷰에 나설 때면 가끔 소개팅 하러 가는 기분이 든다. 그것이 사적이든 공적이든, 잘 모르는 사람을 만나 대화를 나누는 것은 역시 어색한 일. 약속 장소에 가기까지 '어떤 사람일까? 어떤 옷차림일까? 무슨 얘기로 시작하지?' 등 오만 가지 생각을 할 수밖에 없다. 게다가 배우들은 작품을 통해 인식된 이미지가 있기 때문에 본의 아니게 선입견이 형성돼 지레 불편한 마음이 들 때도 있다. 처음 그를 만나러 갈 때도 편하지는 않았던 기억이 있다. 나와 또래인 그는 오랜 연기 경력에 서구적인 마스크를 지닌, 말수가 적을 듯한 좀 차가운 이미지의 배우였기 때문이다. 나 역시 사교적이거나 친절한 성격이 아니라서, 자칫 지고는 못 사는 남녀의 만남처럼 신경전이 벌어지면 어쩌나 살짝 걱정도 했다. 그렇게 생각의 나래를 펼치고 있는 사이 그는 카페에 등장했고, 나는 긴장된 마음을 애써 감추고 첫인상이 중요하다는 무의식에 입각해 환하게 웃어 보였다.

애매한 남자,
김수용

　　　　　　　　　　20분도 걸리지 않았다. 단 2분 만에 그에 대한 선입견은 깨졌다. 유독 뽀얀 피부 때문인지 서구적이기는 했지만, 의외로 그는 말수가 많았고 따뜻했으며 매너까지 좋았다. "학교 때 그런 말을 많이 들었어요. 제가 입을 다물고 가만히 있으면 무척 무서워 보인대요. 그런데 20~30분만 얘기를 하면 선배로 안 보더라고요(웃음). 저는 상당히 진지한데, 주변 사람들이 안 믿죠."

올해 나이 36살에 벌써 30년에 가까운 연기 경력을 지닌 김수용. 중장년층에게는 1980년대 드라마 〈간난이〉로, 젊은 층에게는 뮤지컬 〈렌트〉〈뱃보이〉〈헤드윅〉〈햄릿〉으로 친숙한 배우다. "아버지가 TBC 드라마 PD였는데, 동료 분이 아역 단역이 필요하다고 하시대요. 지금도 그렇지만 '텔레비전에 내가 나온다면' 어린이에게는 훈장 같은 일이잖아요. 그런데 한 번 출연했더니 계속 작품이 들어오더라고요. 〈간난이〉로 유명해지면서 아예 아역배우의 길을 걷게 됐죠."

그렇게 드라마와 영화에 원 없이 출연했던 김수용 씨는 자연스레 동국대 연극영화과에 진학했다. 하지만 잘 나가던 10대와 달리 20대는 자갈밭이었다. 온 국민의 사랑을 받았던 어린 김수용의 이미지가 참으로 오랫동안 그를 괴롭혔기 때문이다. "대학 때부터 6~7년은 완벽한 슬럼프였죠. 오디션을 보면 최종까지는 가는데, 아역 이미지 때문에 항상 마지막에 물거품이 됐거든요. 애매하다는 거죠, 어려 보이지도 들어 보이지도 않는." 뽀얀 피부에 서구적인 이미지도 문제였다. "드라마 〈여인천하〉 때 김재형 감독님이 같이 하자고 하셨는데, 막상 저를 보시고는 '네가 갓 쓰고 나오면 외국인 선교사다' 라며 집에 가라고 하시더라고요(웃음). 그때는 정말 연기를 포기하고 싶었어요."

벼랑 끝에서 만난 뮤지컬

배우로서 이미 쌓아놓은 것은 많고, 그 이미지 때문에 이도저도 할 수 없었던 김수용 씨는 제대 후 연기를 포기하고 회사원이 되기로 결심했다. "25살쯤 되니까 답이 안 나오더라고요. 연기를 할 수 있는 길이 없나 보다, 딱 접고 공부해서 회사에 들어가자 생각했죠." 휘청거리는 그를 잡아준 것은 바로 어머니와 뮤지컬이었다. "어머니가 그런 말씀을 하시더라고요. '네가 지금 힘든 것은 가고자 하는 길에 가장 가깝게 있기 때문이다. 이 고비만 넘기면 뭔가 잘되려고 그러나 보다'라고요. 그 말이 저를 붙들어줬어요. 그리고 다시는 어머니 앞에서 연기 그만두겠다는 말을 안 했죠."

기존 라이선스 무대를 보며 어색하고 진부하다고 생각했던 그에게 뮤지컬의 새로운 매력을 흩뿌린 작품은 창작뮤지컬 〈더 플레이〉. 우리 이야기를 우리말로 풀어내 무대에서 즐길 수 있다는 것이 대단해 보였다. "같이 드라마를 했던 유준상 형, 노현희 누나가 뮤지컬을 한다기에 보러 갔는데, 무대에 있는 사람들이 정말 대단해 보이더라고요. 올 라이브로 뛰고 놀고 즐기고 연기하는 모습이 굉장했어요. '저건 진짜 실력 없으면 안 되겠다' 생각했죠. 게다가 제가 비음주가무를 좋아해서(웃음) 꼭 하고 싶다는 생각이 들더라고요."

그 뒤에는 맨땅에 헤딩하는 마음으로 그야말로 미친 듯이 뮤지컬을 공부했다. 당시만 해도 대학에 뮤지컬 관련 커리큘럼이 없었던 때라 주부들과 함께 탭댄스를 배우고, 재즈댄스는 학원 원장을 도우며 강사반 수업까지 섭렵했다. 그뿐인가. 생면부지의 뮤지컬 연출가를 찾아다니며 대본과 악보를 빌리고, 학교

"연기를 정말 하고 싶은 놈한테 다시 기회를 준 곳이니 뮤지컬은 제 삶인 것이죠."

선후배와 매일 막차 시간 전까지 연습했다. 그렇게 동냥 배움에 나선 지 2년. 2002년 드디어 〈풋루스〉의 주연으로 뮤지컬 무대에 서게 된다. "정말 행복했죠. 내가 드디어 뮤지컬을 하는구나! 사실 그전에 주인공으로 뽑힌 작품이 있었는데 춤, 노래, 연기 다 별로라고 대놓고 '그렇게 해서 무대에 설 수 있겠느냐'고 하시더라고요. 중간에 그만둘 수밖에 없었죠. 그때 '이 제작진을 다시 만날 때는 절대 이런 모습을 보이지 않겠다' 결심했거든요. 그런데 뮤지컬의 주인공이 됐으니, 어찌나 좋은지 막 울었다니까요(웃음)."

10년 했더니 뮤지컬 배우로 인정하더라

김수용 씨를 다시 만난 건 2011년 가을, 뮤지컬 〈햄릿〉을 앞두고였다. 2007년 초연은 물론 2008년 시즌2에도 참여해서인지, 어려운 작품, 유쾌하지 않은 인물을 연기하면서도 그는 힘이 넘치고 자신감에 차 있었다. "4년 만에 다시 하려니까 힘들어 죽겠어요. 하지만 새로운 걸 찾아가는 작업이 굉장히 즐거워요. 사실 시즌3 때 불러주지 않아서 다시는 못하는 줄 알았거든요. 그런데 기회가 왔으니 얼마나 좋겠어요. 모든 작품이 그렇지만, 특히 애착이 가고 전작에 대한 짙은 아쉬움이 있는 작품을 다시 하게 되면 배우로서 흥분과 즐거움은 배가되거든요."

그런데 최근 1년간 그의 전작을 살펴보니 〈코요테 어글리〉〈금발이 너무해〉〈환상의 커플〉〈남한산성〉 등 스위트가이에서 유명을 달리하는 인물까지 종잡을 수가 없다. 연기 경력이 이 정도면 가리는 작품도 있고 만들고 싶은 이미지도 있을 텐데 어찌된 일일까. "저는 지금껏 맡아온 인물들의 성격이 모두 제각각이고, 작품 규모도 중소대극장 번갈아가며 했어요. 그래서인지 어떤 분은 제가 쉬지 않고, 가리지 않고 작품 하는 걸 보면서 '네가 소비되는 것 같아 안타깝다'는 말을 하시더라고요. 무척 감사한 말씀이지만, 저에게는 모든 작품이 굉장히 유익했던 것 같아요. 이제는, 비록 완벽하게 표현할 수는 없을지언정, 뭐가 오더라도 어떻게든 찾아갈 수 있는 꼼수는 생겼거든요. 뭐든 할 수 있다는 자신이 생긴 거죠."

그러고 보니 뮤지컬 데뷔 10년째다. 얼마나 달려와 어느 위치에 있는지는 모르지만, '뮤지컬 배우'라는 타이틀만은 확실하게 얻었다. "신인상 후보에 3년 연속 올랐는데도 뮤지컬 배우라고 생각하는 분들이 많지 않았어요. '방송의 힘이 크네요. 활동도 별로 하지 않았는데 드라마 좀 했다고 후보에 올려주네'라는 댓글이 아직도 기억에 남아요. 욕을 먹더라도 같이 뮤지컬 하는 사람으로 봐주면 좋은데, 드라마 할 게 없어서 밥그릇 챙기러 온 사람으로 보니까 무척 속상했거든요. 그런데 이제는 뮤지컬 배우라고 얘기해주시니까, 칭찬이든 비난이든 어쨌든 뮤지컬 배우로 봐주시니까 감사하죠(웃음)."

최후의
1인을 꿈꾸며

> 사람이 몸으로 다양한 감정을 표현할 수 있다는 사실이 놀라웠어요.
> 노래와 춤으로 연기한다는 것도 신비로웠죠.
> 내 몸짓 하나하나가 관객들에게 각각 다른 감동을 줄 수 있다는 것도 즐거웠어요.
> 제가 좋아하는 노래를 원 없이 부를 수 있는 것도 좋았고요.
> 그래서 뮤지컬은 제 삶입니다.

김수용 씨의 팬 카페에 들어가니 이런 글귀가 있었다. "연기는 제게 살아가는 이유예요. 이상적으로나 현실적으로나 모든 면에 있어서. 연기를 정말 하고 싶은 놈한테 다시 기회를 준 곳이니 뮤지컬은 제 삶인 것이죠. 그 무대에 서기까지 안 해본 게 없고 무척 힘들었지만, 그렇게 깨지고 엎어지고 고생하다 보니까, 뭔가 조금씩 억지로가 아니라 자연스레 붙은 것 같아요. 어떤 걸 순식간에 만들 수 없다는 건 진리거든요."

"캐릭터를 위해 저를 버리는 것이
연기인 것 같아요:

그렇다면 어머니가 말씀하신 그 길에 도달한 것일까. "아직 멀었어
요. 제가 생각하는 목표는 최후의 1인이거든요. 물론 안 될 수도 있
죠. 하지만 제가 걸어가는 분야에서 최후의 1인으로 꼽힐 수 있는 사
람들 중에 들어가고 싶은 욕심은 있어요. 연기는 스스로 돋보이기 보
다는, 작품에서 캐릭터에 필요한 어떤 것을 찾아가는 방법이라고 생
각해요. 인간 김수용의 멋진 모습을 보여주는 것이 아니라, 캐릭터를
위해 저를 버리는 것이 연기인 것 같아요. 그러기 위해서는 끊임없이
노력해야 하고, 계속 노력하다 보면 진짜 진실한 배우가 되지 않을까
생각합니다."

배우에게 '이미지'는 무엇보다 중요하다. 어떤 배우는 오랜 기간 자
기만의 색깔을 찾지 못하는가 하면, 또 어떤 이는 각인된 하나의 이미
지에서 벗어나지 못해 방황한다. 김수용 씨는 배우로서 강점이 될 수

있는 많은 요소들을 지녔지만, 그 이미지들이 생각만큼 잘 맞물려 돌아가지는 못했다. 받은 선물을 빼앗긴 것처럼, 한동안 너무나 당연했던 연기를 할 수 없었으니 오죽 힘들었겠는가. 그래서 언제나 밝게 웃지만, 명랑하게 얘기하지만, 매번 그렇게 많은 생각을 가다듬고 정리해야 했을 그의 지난 시간들이 느껴진다.

하지만 꿈을 향해 깨지고 엎어지고 무너져야 했던, 그러나 포기하지 않았던 그 절망의 시간 덕분에 그에겐 배우에게 꼭 필요한 '깊이'가 생긴 듯하다. 실제로 며칠 뒤 '햄릿'으로 무대에 선 김수용 씨를 보고 깜짝 놀랐다. '오, 저 남자가 저렇게 멋있었나?' 연락 끊은 남아의 숨은 매력을 뒤늦게 발견한 여인처럼 짙은 아쉬움이 엄습했다. 무섭게 덤빈, 10년을 욕심낸 무대에서 그는 정말 '지대로 햄릿'이었다. 무대에 흠뻑 취한 그를 보며 생각했다. 어쩌면 우리가 겪는 모든 시련은 '자신이 가고자 하는 길에 가장 가깝게 가기 위함'이 아닐까. 앞으로도 배우 김수용이 이 명제를 멋지게 증명해 나아가길 기대한다.

말만 하는 건
정말 하고 싶은 게
아니다

정성화

배우

무대를 바라보는 많은 사람들에게 그는 영웅이다. 2000년대 초반, 대다수의 개그맨들이 그렇듯 그 역시 특유의 코믹함을 내세워 작품의 감초 역할로 무대에 등장했다. 그러던 그가 지난 2007년에는 조승우 씨와 함께 뮤지컬 〈맨 오브 라만차〉의 돈키호테로 떡하니 캐스팅돼 모두를 놀라게 했고, 더 놀랍게도 그 '미심 쩍은 놀라움'을 '확실한 인정'으로 바꾸어놓았다. 여세를 몰아 2009년에는 뮤지컬 〈영웅〉의 주인공으로 캐스 팅됐는데, 그 배역이 바로 안중근 의사였다. 개그맨 출신 배우가 민족의 영웅 안중근 의사를 연기하다니…. 그 러나 아무도 토를 달지 못한 것이, 많은 관객들이 그의 무대를 보고 감동의 눈물을 쏟고 기립박수를 보낸 것이 다. 무대에서 그는 더 이상 개그맨이 아닌 것이다. 객석의 열렬한 환호를 받는 그는 뮤지컬 배우 정성화다.

왜 이래,
예전의 정성화가 아니야!

영화가 개봉하기 전 언론 매체를 상대로 시사회를 하듯, 공연도 오픈에 앞서 미디어 콜을 진행한다. 공연은 보통 주인공의 경우 더블이나 트리플 캐스팅이 많기 때문에 미디어 콜에서는 주요 장면과 노래를 주인공 배우들이 나눠 보여주는 식이다. 2007년 뮤지컬 〈맨 오브 라만차〉 미디어 콜 때는 많은 언론 매체들이 돈키호테 역의 조승우 씨를 취재하기 위해 몰려들었다. 당시 더블이었던 정성화 씨에게는 '개그맨 출신, 의외의 돈키호테 발탁' 정도의 기사가 대부분이었다. 주요 공연의 리뷰를 기고하고 있던 나 역시 기를 쓰고 조승우 씨 무대를 보려 했던 기억이 있다. 한 마디로 너무나 기우는 더블이었던 것이다. 그러나 조승우 씨의 공연은 그 때도 연일 매진으로 나에게는 기회가 오지 않았다. 그렇게 어쩔 수 없이 봤던 정성화의 〈맨 오브 라만차〉. 그런데 이게 웬일인가? 공연이 끝나고 나도 모르게 벌떡 일어나 뜨겁게 박수를 쳤다.

"사실 정극 연기는 그전에도 욕심이 있었어요. 누가 안 시켜준 것이지, 하면 잘할 수 있다는 생각은 항상 갖고 있었거든요. 드디어 〈맨 오브 라만차〉 오디션을 통해 '나도 할 수 있다, 걱정하지 마시라'는 메시지를 보여드린 거죠. 실제로 '정성화도 진지한 연기를 할 수 있다'는 걸 입증했고, 공연이 끝난 뒤에는 제가 감히 넘보지 못했던 카리스마 있는 배역도 할 수 있게 됐고요."

2년 뒤 정성화 씨는 그의 배우 인생에 빼놓을 수 없는 작품을 만나는데, 그것이 바로 뮤지컬 〈영웅〉이다. "이 작품은 선택의 문제가 아니었어요. 대한민국의 남자 배우로서 안중근 의사를 연기할 수 있다는 것은 대단히 큰 영광이고, 분명히 무대 위 장악력도 높을 테니까 욕심이 났죠. 오디션이 있다기에 무조건 해야 한다고 생각했어요."

당시 안중근 역에 함께 캐스팅된 배우는 류정한 씨. 최고의 뮤지컬 배우인 데다, 귀공자 같은 이미지 덕분에 사색적이고 철학적인 '류중근'으로 한껏 기대를 모았다. 그러나 나는 '정중근'을 인터뷰하기 위해 분장실을 찾았다. 제작발표회 때 들었던 그의 중저음 음색이 무척이나 매력적이었고, 특히 개그맨으로 데뷔한 그가 안중근 의사를 연기할 수 있다는 것이 신기했기 때문이다. "안중근 역을 맡은 사람으로서 연습하고, 예습 복습하고, 어떻게 할 것인가만 생각했어요. '할 수 있다'는 생각만 한 거죠. 어차피 부담이나 걱정은 도움이 안 되니까요. 누가 뭐래도 '내가 하는 것을 잘 보여주면 돼'라는 마음으로 연습했어요."

결과는 어땠을까? 창작뮤지컬 〈영웅〉은 2010년 한국뮤지컬대상과 더뮤지컬어워즈의 최우수작품상을 받았고, 정성화 씨 역시 남우주연상을 휩쓸었다. 또 2011년 8월에는 뉴욕 링컨센터에서 〈영웅〉의 단독 주인공으로 무대에 섰다. 그는 더 이상 '웃기던 정성화'가 아닌 것이다.

정성화,
진정한 뮤지컬 배우로

　　　　　　　　　　　　　2010년 여름, 다른 인터뷰 때문에 뮤지컬 〈영웅〉의 홍보 담당자를 만났다. 올해도 〈영웅〉을 하느냐고 물었더니, 겨울에 예정돼 있고 캐스팅은 미정이라고 했다. 나는 '요즘 정성화 씨가 대세니 꼭 캐스팅하시라'고 말했다. 물론 정성화 씨보다 뛰어난 배우는 많았지만, 관객들은 자신의 벽을 넘어선 그를 크게 응원하고 있었기 때문이다. 정성화 씨는 1994년 SBS 공채 3기 개그맨으로 데뷔했다. 하지만 이제 그는 누가 뭐래도 '뮤지컬 배우'다. "사람들에게 제가 뮤지컬 배우로 인지된다는 게 좋아요. 2004년에 〈아이 러브 유〉를 했는데, 2년을 계속했는데도 전혀 질리지가 않더라고요. 그때 뮤지컬의 진정한 매력을 알게 됐죠. 그래서 뮤지컬은 제가 끝까지 하고 싶은 장르예요. 사실 이제 개그는 제 일이 아닌 것 같아요. 뭐라고 할까? 사람을 대놓고 웃기는 것은 굉장히 힘들 거든요. 그

런데 극 속에 자신의 캐릭터가
있는 상태에서 웃기는 것은 훨
씬 수월합니다. 다만 그 안에서
정극배우가 되는 것이 힘들고,
다른 배우와 밸런스를 맞추는
것이 힘든데, 이제는 시스템적
으로 뮤지컬에 익숙해진 것 같
아요."

개그맨 이미지 때문에 무대의
중심에 서기까지 오랜 시간이
걸렸지만, 멍석이 깔렸을 때는
그 특이한 경험 때문에 누구보

"제 공연을 선택한 관객들에 대한 보답은
'나의 무대'를 보여주는 것이니까요."

다 자신 있게 쌓아온 것들을 뽐낼 수 있었다. 실제로 처음 대작의 주인
공으로 내로라하는 배우들과 함께 캐스팅됐을 때도 그는 전혀 위축되
지 않았다. "저는 그런 게 정말 없어요. 아마도 개그맨 이력이 굉장히
도움이 되는 것 같은데, 강단이라고 하나요? 그런 게 있어요. 개그맨
역시 훌륭한 배우라고 생각하는데, 개그맨에게 가장 필요한 건 자신
감이거든요. 누가 뭐래도 내 것을 보여줄 수 있다는. 뮤지컬의 더블
캐스팅 체제에서 상대를 의식하는 것은 연습 때뿐이에요. 제 공연을
선택한 관객들에 대한 보답은 '나의 무대'를 보여주는 것이니까요."

"자신이 할 일을 소신 있게 하는 것이 진정한 자신감이니까요."

하지만 자신감은 마음만으로 생기지는 않는다. 무대에 오르기까지
자신을 채워가는 숱한 노력이 있었기에 자신감도 붙는 것이다. "자신
감과 상반되는 것이 긴장인데, 긴장은 불안에서 오죠. 내가 열심히 하
지 않았거나 마음의 준비가 안 됐거나. 결국 연습 때 최선을 다하고,
철저히 준비하는 수밖에 없어요. 자신이 할 일을 소신 있게 하는 것이
진정한 자신감이니까요."

영화에서
또다시 조연급 코믹 연기?

　　　　　　　　　　　정성화 씨는 2011년, 유독 스크린
에 자주 모습을 드러냈다. 영화 〈위험한 상견례〉에서는 이시영의 오
빠 운봉 역으로 특유의 독특한 코믹연기를, 〈히트〉에서는 변덕스러운
재력가 제임스로 절제된 코믹 연기를 선보였다. 그리고 〈창수〉에서는
삼류건달 창수(임창정)의 유일한 친구인 상태로 분해 연기 변신을 시도
했다. "더 노력해야죠. 뮤지컬과 영화 연기는 많이 달라서 부자연스럽
더라고요. 영화를 직접 보니까 제가 막 오그라들 것 같아요(웃음)."

나는 궁금했다. 2011년 봄, 연극 〈거미여인의 키스〉에서 동성애자
몰리나로 열연했던 그다. 대형 뮤지컬의 주인공은 물론이고 2인극을
소화할 수 있을 정도로 인정받는 그가 가까스로 떼낸 코믹한 이미지
를 다시 뒤집어쓰다니 어찌된 일일까. "도전이죠. 지금껏 개그맨에서
드라마, 라디오 MC, 뮤지컬, 영화까지 재밌고 즐거운 일은 다 도전해
왔거든요. 아직 영화나 드라마에서 정성화의 인지도는 상당히 낮다
고 생각합니다. 일단 발을 들여놓고 그 안에서 또 최선을 다하면 언젠
가 알아주겠죠. 물론 '무대에서 잘하고 있는데, 왜 영화하면서 뮤지
컬 마니아를 욕보이느냐고 말하는 분도 계세요. 하지만 원하는 것이
있다면 도전해야죠. 다른 사람이 어떻게 생각하든 신념이 있으면 믿

는 대로 된다고 생각해요. 열심히 하다 보면 분명히 인정받지 않겠어요?"

그는 '제2의 정성화'를 꿈꾸는 많은 후배들에게도 '도전'을 강조한다. 정상에서 바닥으로 추락하는 것이 아니라 새로운 영역에 도전하는 것이고, 다시 처음이기에 초심으로 달려야 한다고. "말만 하지 말고 도전하세요. 왜 기다리기만 합니까, 수많은 오디션의 기회가 있는데. 저도 오디션 봤어요, 그래서 사람들이 믿어준 거예요. 연습하지 않고 행동하지 않으면서 하고 싶다고 얘기만 하는 건 정말 하고 싶은 게 아닙니다."

'기발한' 정성화, '성실한' 배우를 꿈꾸다

4월의 어느 햇살 고운 날
제작 기간 8년!
초호화 캐스팅의 달콤한 러브스토리
공연일은 4월 18일 월요일 오후 7시

단 1회 공연으로 앙코르 공연은 없사오니 공연 시작 전 입장을 부탁합니다.

2011년 4월, 그는 8년의 연애 끝에 결혼식을 올렸는데, 공연 티켓 형식의 청첩장을 제작해 화제가 됐다. 공연 좀 본다는 사람들에게는 더 재밌게 다가왔을 문구들. 역시 정성화 씨의 매력은 진지함에서 기발함으로의 자유로운 넘나듦이다.

11월, 영화 개봉에 공연 준비로 바쁜 정성화 씨와 전화로 얘기를 나눴다. 그는 따로 시간을 내지 못해 미안하다며, 정성껏 나의 질문에 답변을 해줬다. 전화기 너머로 무대에 오르는 사람들의 진솔함이 느껴졌다. 공연을 올리는 사람들의 생각은 같다. 무대는 수많은 사람들이 함께 만드는 것이기에, 관계가 어긋나면 절대 좋은 작품이 나올 수 없다고. "아내에게는 비밀인데, 출연료의 3분의 1은 대부분 회식비로 씁니다(웃음). 배우에게는 사람들과의 소통이 가장 중요하거든요. 무대 위에서는 관객들과 소통하고, 무대 뒤에서는 작품을 만드는 사람들과 소통한다고 생각해요. 사람들과의 관계가 무대 위에서 고스란히 드러나요."

모든 남자 배우들의 로망인 지킬이나 헤드윅 출연 의사를 물었더니, 그는 헤드윅에 욕심이 있다고 했다. 보통 잘생긴 배우들이 많이 하는데, 자신은 살을 더 찌워서 못생기고 배 나온 헤드윅으로 도전해보고 싶다고. 기발하지 않은가. 그러나 배우로서 큰 그림을 물었더니 또다시 진지한 답변이 돌아온다. "성실한 배우가 되고 싶어요. 성실하다

"원하는 것이 있다면 도전해야죠.
다른 사람이 어떻게 생각하든 신념이 있으면
믿는 대로 된다고 생각해요."

는 말에는 많은 것이 포함돼 있잖아요. 이 자리에 머문다는 얘기가 아니죠. 배우에게 최종점은 없는 것 같아요. 장르와 매체를 불문하고 작품에 맞게 계속 노력해야죠. 부지런히 연기하다 보면 큰 그림은 저절로 그려지지 않을까요."

'하고 싶다고 말만 하는 건 정말 하고 싶은 게 아니다' 그 말에 어찌나 찔렸던지 인터뷰를 끝내고 포스트잇에 적어 책상에 붙여놨던 기억이 있다. 시간이 흘러 종이는 떨어졌지만, 그 말은 잊히지 않았다. 그리고 좀 더 노력했던 것 같다. 하고 싶은 것을 정말 하려고.

정성화 씨는 인터뷰 내내 유쾌하면서도 진지했다. 일단 시도하고 열심히 달려가는 사람들은 좋아했지만, 게으르고 인기에 연연하는 사람들은 대놓고 미워했다. 하고 싶다고 말만 하지 않고 도전했기에, 사람들이 믿을 수 있도록 연습하고 행동했기에, 그 치열함만큼 그에게는 무대에 대한 높은 자존심이 있었다. 그렇게 오른 무대에서 그는 돈키호테로, 안중근으로, 몰리나로 열연했고, 한 사람의 배우로서 감격에 벅찼다. '무(無)'보다 더 어려운, 이미 존재하는 이미지를 깨고 새로운 자신을 만들어가는 정성화. 새로운 도전을 위해 정상에서 내려와 또다시 바닥부터 달릴 줄 아는 용기와 성실함. 이렇듯 끊임없이 도전하는 정성화는 꿈을 꾸는 이들에게 또 한 명의 진정한 '영웅'이다.

에너지를 온전히
무대에만
쏟고 싶다

정선아
뮤지컬 배우

무대에 오르는 사람들을 만나다 보니, 인터뷰 앞뒤로 공연 기획사 직원들과 이야기를 나눌 때가 많다. 특히 인터뷰이가 약속 시간보다 늦을 경우 미안함과 불편한 마음이 더해져 이들이 주는 정보는 찰지고 재미나다. 가령 모 배우는 아까운 품절남이고, 모 배우는 연습벌레고, 모 배우는 분위기 메이커이고 등등. 당시 나의 관심사는 서른 살 안팎의 뮤지컬 여배우였다. 도대체 전국에 뮤지컬학과가 몇 개인데 대극장을 휘어잡을 서른 살 안팎의 여배우를 꼽는 데는 손가락이 남아도는 것인지 궁금했다. 왜 탐나는 여주인공은 죄다 가수들에게 자리를 내주느냐 이 말이다. 그때 몇몇의 업계 관계자들이 입을 모아 꼽은 여배우가 그녀였다. 업계에서 추천했다는 것은 무대 위는 물론 무대 뒤에서도 제대로 인정받는다는 뜻. 게다가 그녀의 무대를 향한 에너지와 당돌함은 가히 원고를 타고 만방에 알림에 부족함이 없단다. 왜 그녀를 놓쳤지? 내 레이더망의 사각지대와 우리의 얕은 인연을 탓하며 그녀의 이름을 되뇌고 있을 때, 뮤지컬 〈에비타〉가 공연된다는 소식을 들었다. 그리고 운명처럼 그녀의 이름이 뒤따랐다. 에비타 정선아!

대극장을 휘어잡는
정선아의 에너지

　　　　　　　　　그녀를 보자 '울트라 씬'이라는
단어가 생각났다. 생각보다 아담한 이 몸 어디에서 그토록 강렬한 에
너지가 뿜어져 나온단 말인가. 고등학교 3학년 때인 2002년 뮤지컬
〈렌트〉의 통통 튀는 미미 역으로 데뷔한 정선아 씨는 이후 〈지킬 앤
하이드〉 〈텔미 온어 선데이〉 〈나인〉 〈드림걸즈〉 등 줄곧 대극장 공
연의 여주인공으로 무대에 서왔다. 2011년만 해도 〈아이다〉를 시작
으로 〈모차르트〉 〈아가씨와 건달들〉 그리고 〈에비타〉까지 1년 내내
주요 대극장을 순례 중이다. "올해는 정말 정신없이 공연만 한 것 같
아요. 주로 대극장 공연을 많이 했는데, 그래서인지 저는 큰 무대가
훨씬 편해요. 제가 힘이 좀 센가 봐요(웃음)."

대극장은 배우로서 기본적인 자질 외에 꽉 찬 에너지가 필요하다는
점을 감안하면 그녀의 지난 행보는 업계와 관객이 그 넘치는 에너지
를 인정한다는 얘기다. 덕분에 그녀에게는 사생활이 따로 없다. 대부
분의 뮤지컬이 두 달 연습에 두 달 공연이니, 1년 내내 공연만 한 셈
이다. 게다가 〈에비타〉는 주인공 에바가 작품 전체를 이끌어가는 만
큼 어깨가 무겁다. "타이틀 롤은 처음 맡았어요. 지금껏 항상 주인공
만 맡아왔지만 대부분 남자 배우한테 기대는 역할이었는데, 이번에

는 '정선아'라는 이름이 제일 앞에 나와요. 제 인생 최고의 작품인 것이죠. 그만큼 부담되고 책임감도 두 배로 커졌고요."

〈에비타〉 하면 바로 떠오르는 노래 'Don't Cry For Me Argentina'. 에비타는 1940년대 중반 아르헨티나 후안 페론 대통령의 부인 에바 페론의 애칭이다. 〈에비타〉는 사생아로 태어나 영부인이 되기까지 에바의 파란만장한 삶을 그린 작품이다. 국내에서 지난 2006년 초연됐는데, 나도 배해선 씨가 열연하는 〈에비타〉를 봤던 기억이 났다. "그때는 성녀 이미지가 많이 부각됐다고 들었는데, 저는 따뜻하고 아름다운 모습은 물론이고 팜므파탈 에바도 보여드리려고 노력하고 있어요. 무에서 유를 창조하기까지 수단과 방법을 가리지 않고 살아온, 영악하고 요부 같은 면도 끄집어내고 싶거든요. 연출가가 '너는 연기할 생각 하지 말고 있는 그대로 하면 된다'고 하시더라고요(웃음)."

성녀에서 악녀까지, 팜므파탈 정선아

최근 무대에서 본 모습이 〈아가씨와 건달들〉의 '사라'여서 그런지, 앞에 앉아 있는 통통 튀고 거침없는 여인이 같은 인물인지 헷갈렸다. 그래서 성녀에서 악녀까지 넘나드

"고갈되지 않았기 때문에
이 에너지를 다른 것에 쏟아 붓고 싶지 않아요."

는 에바에 정선아 씨가 '딱'이라는 생각이 들었다. "예전에는 섹시하고 거친 여자들을 분석하고 연기하는 게 재밌었어요. 그래서 〈지킬 앤 하이드〉에서 엠마와 루시가 있다면 당연히 루시가 더 재밌고 저에게 어울린다고 생각했죠. 그런데 여러 작품을 공연하면서 제 안에 귀엽고 여성적인 면도 있다는 걸 발견하는 것 같아요. 〈아가씨와 건달들〉의 사라도 제 안에 있는 순수함을 끄집어냈을 뿐인데, 사람들은 '뭐야 정선아!'라고 하죠(웃음)."

그러고 보니 〈지킬 앤 하이드〉의 루시, 〈드림걸즈〉의 디나, 〈나인〉의 칼라, 〈아이다〉의 암네리스, 〈모차르트〉의 콘스탄체, 〈아가씨와 건달들〉의 사라 등 무대 위 그녀의 모습은 종잡을 수가 없다. 참으로 연기 스펙트럼이 찬란한 배우다. "원래 성격은 솔직하고 당당하고 남자처럼 털털해요. 안으로 삭이기보다는 밖으로 표현하는 편이고요. 그래서 여성스러운 인물을 연기하면 '무대 위에서 가식적인 배우 1위'라고 하더라고요(웃음). 사실 모두 저의 모습이라고 생각하는데, 참 암네리스 공주와는 좀 달라요. 저는 아이다와 라다메스 장군에게 엄벌을 내릴 거예요. 같이 못 묻어주죠, 그 꼴은 못 봐요(웃음)."

성격이 이렇게 털털하고 시원시원하다 보니 그녀는 한 번 작품을 통해 맺은 인연이나 학교 선후배들과도 결속력이 좋다. 그래서 '인맥 종결자'라는 수식어까지 얻었다.

"단독으로 하면 이 작품의 이 캐릭터는 내 것, 온전히 정선아만의 것으로 확고해지죠."

무대 & 원캐스트 고집하는
정선아

그녀는 무대에서 고집쟁이로 통한다. 무대만 바라보고, 한 작품에 집중하며, 맡은 캐릭터는 정선아만의 것으로 만든다. 매체를 넘나들며 한 번에 2~3개 작품을 하는 것이 배우들에게 일종의 '희망사항'이 된 요즘 흔치 않은 현상이다. "월수금은 이 캐릭터, 화목토는 저 캐릭터에 어떻게 몰입할 수 있는지 잘 모르겠어요. 똑똑하게 머리를 잘 써야 할 텐데, 저는 못하거든요. 제가 맡은 캐릭터에게 미안해서 앞으로도 그렇게는 하지 않을 것 같아요. 그래서인지 저는 항상 단독 캐스팅이었어요. 그렇다고 돈을 많이 주는 것도 아닌데(웃음). 솔직히 더블이면 부담도 덜하고 편해요. 목이 안 좋더라도 누군가 있다는 안도감이 있고, 징검다리로 출연하면 공연 끝나고 맘껏 놀 수도 있고요. 반면 단독으로 하면 이 작품의 이 캐릭터는 내 것, 온전히 정선아만의 것으로 확고해지죠."

그녀는 드라마나 영화 쪽 러브콜도 고사하는 것으로 유명하다. 일단 화면을 통해 얼굴이 알려지면 더 많은 기회가 생기고, 높아진 인지도만큼 무대에서의 몸값이 높아지는 것은 분명한데, 그녀는 파수꾼처럼 무대를 지키고 있다. "〈아이다〉에서 암네리스 공주를 하고 있는데 영화가 들어왔어요. 배우진도 좋고 제 역할도 어느 정도 비중이 있고, 흥행하겠더라고요. 그런데 암네리스 공주를 하면서 베드신도 있는 영화를 한다는 게 내키지 않았어요. 저를 롤 모델로 삼고 꿈을 꾸는 친구들에게 무대에서의 자존심을 지켜주고 싶었고요. 그래서 새삼 뮤지컬을 지켜온 선배님들이 참 대단하다는 생각을 했어요. 감사하죠, 그분들 덕분에 저 역시 이렇게 무대에 설 수 있었으니까요."

꽤 많은 러브콜이 있는 만큼 그녀 역시 영화나 드라마에 마음이 움직일 날이 올지도 모른다. 그러나 지금은 무대에서 더 많은 것을 보여주고 싶다. "한 치 앞도 모르는 세상이니 저도 5년 뒤에는 드라마나 영화를 하고 있을지도 모르죠(웃음). 그런데 지금은 무대가 정말 좋고 아직도 할 게 너무 많아요. 고갈되지 않았기 때문에 이 에너지를 다른 것에 쏟아 붓고 싶지 않아요. 저는 무대가 최고라고 생각하거든요. 앞으로도 이 마음이 변하지 않기를 바라죠."

꿈을 좇아왔기에
당돌한 정선아

　　　　　　　이렇게 화통한 그녀가 한 작품을 위해 두 달을 꼬박 연습하고 또다시 두 달을 매일처럼 무대에 오르는 일을 10년이나 했다니 믿기지 않는다. 요즘처럼 스마트한 시대에 그토록 원시적인 무대를 최고라고 생각하는 이유 말이다. "꿈이었기 때문에 가능한 것 같아요. 중학교 때부터 뮤지컬 배우를 꿈꿨고, 그 꿈을 단 한 번도 놓치지 않았거든요. 정말 뮤지컬만 보고 달렸어요. 그 뿌리가 얕지 않기 때문에 인생을 내던지겠다는 마음가짐이 저도 모르게 깊이 박힌 것 같아요. 꿈이 현실이 됐고 또 저의 미래잖아요. 그래서 얼마나 자랑스러운지 몰라요."

자신의 꿈이었기에 그녀에게 무대는 신성하다. 또한 뮤지컬 배우로서의 자존심도 하늘을 찌른다. 그래서 '나들이' 겸 무대를 찾는 가수나 탤런트, 그들의 티켓파워를 이유로 정통 뮤지컬 배우를 감싸지 않는 제작사를 보면 총대를 메고 따져 묻는다. "정말 뮤지컬을 좋아하

"정말 뮤지컬만 보고 달렸어요. 꿈이 현실이 됐고 또 저의 미래잖아요."

고 열심히 하는 분들은 멋지죠. 그런데 재미삼아 하면서 다른 장르에 대한 존중도 없고 개런티만 많이 받는 사람들은 너무 싫어요. 또 더블 캐스팅일 때 연예인을 홍보하기 위해 뮤지컬 배우의 사기를 떨어뜨리는 건 너무 속상해요. 뮤지컬을 만드는 사람들이 뮤지컬 배우를 더 챙기고 감싸야 하는데 너무나 많은 제작자들이 정도를 지키지 않는 것 같아요. 이렇게 말하면 어르신들이 괘씸하다고 하겠지만, 저는 차세대 뮤지컬 배우로서 상당한 자존심이 있거든요. 그래서 '더더욱 무대에서 보여주리라'는 오기가 생기죠."

앞서 말했듯 대극장을 채울 에너지 넘치고 끼 충만한 여배우가 생각보다 없다. 그래서 정선아 씨는 아직은 어린 나이임에도 후배 양성에 대한 생각이 많다. 후배를 생각할 만큼 무대에서 그녀의 키가 자란 것이다. "요즘 가장 두려운 건 '후배들에게 내가 어떻게 보일까?'예요. 후배들이 도전해서 무대에 빨리 나왔으면 좋겠어요. 만날 똑같은 사람이 주인공 하면 지겹잖아요. 지금도 막내지만, 저 역시 선배님들이 잘 이끌어주셔서 여기까지 왔거든요. 이제 저도 후배들에게 갚아줘야죠. 후배들이 잘하는 모습을 보면 정말 예쁠 것 같고, 시샘하지 않을 여유는 이제 생긴 것 같아요(웃음)"

무대에서 10년. 그녀는 모난 자신감을 깎아 둥근 겸손함으로 채웠다. 항상 무대의 중심에 있었지만, 갈수록 무대는 더 높고 위대해 보인다. "제가 최고인 줄 알았어요. 항상 저 잘난 맛에 살았는데, 무대에서만큼은 오를수록 무섭고 그래서 겸손해지는 것 같아요. '뮤지컬계에 필요한 여배우'라는 인식을 갖고, 그 믿음에 어긋나지 않도록 더 노력해야죠."

오토바이를 타고 거리를 질주할 듯 자극적인 에너지를 지닌 그녀는 뮤지컬을 얘기할 때면 오솔길을 달리는 자전거 위의 소녀처럼 청량했다. 청국장을 좋아하는 서양인처럼, 화려한 외모 안에 숨은 묵직한 생각이 더욱 매력적이었다. 문득 '무규칙이종예술가' 김형태 씨가 했던 말이 생각났다. "나는 나의 꿈을 포기하지 않고, 뺏기지 않고, 좌절하지 않기 위해서 엄청난 고통의 시간을 대가로 지불했습니다." 그녀 역시 꿈을 향해, 그 꿈을 지켜내기 위해 힘껏 달려왔기에 이토록 순도 높은 당당함과 도도함을 발산할 수 있는 것이 아닐까. 그 모든 꿈과 노력, 열정과 고통이 녹아들었기에 무대 위에서 그녀가 뿜어내는 에너지는 강렬할 수 있는 것이다. 이제는 뮤지컬 관계자들이 입을 모아 하는 말을 이해할 수 있었다. 정선아라는 배우가 있어 그래, 참 다행이다.

아이처럼 즐겼더니
주인공보다
박수 받더라

임기홍
뮤지컬 배우

소극장 무대에서만 통하는 배역이 있다. 많게는 20여 개에 이르는 인물을 한 사람이 소화한다 해서 붙여진 '멀티맨'. 멀티맨은 극의 전개를 위해 필요한 수많은 인물을 각기 다른 배우에게 맡길 수 없는 소극장의 열악한 제작환경에서 태어난 배역이지만, 통통 튀는 재미와 기발함으로 승화돼 어느덧 관객들에게 가장 큰 웃음을 주는 소극장 공연의 일등공신이 됐다. 그리고 '멀티맨' 하면 바로 떠오르는 배우가 있으니, 2011년 제5회 더뮤지컬어워즈에서 남우조연상을 수상한 임기홍. 그는 요즘 공연시장에서 제일 많은 배역을 소화하며 가장 바쁘게 뛰어다니는 '넘버원 멀티맨'이다. 인터뷰를 청했을 때도 두 작품에서 무려 35개의 인물로 분하며 주연보다 더 뜨거운 박수를 받고 있었으니, 인물 하나하나에 파닥파닥한 생명력을 불어넣는 그 변화무쌍한 노하우를 들어본다.

내 안엔
내가 너무 많아

군인 출신 아버지, 대머리 부장, 신문사 편집장, 택시기사, 스튜어디스, 꼬부랑 할머니, 점쟁이, 집주인, 젠틀맨, 과학자, 시장 조카, 여자친구, 폐기물 관리자, 덩치 큰 경찰국장, 염려하는 시민 & 염려 안 하는 시민, 구조된 고양이 소녀주인….

임기홍 씨가 현재 뮤지컬 〈김종욱 찾기〉와 〈톡식히어로〉에서 맡고 있는 35가지 인물이다. 그는 대학로 블록 하나를 사이에 두고 두 극장을 오가며 요일별로 각기 다른 '멀티맨'을 소화해내고 있다. 그만큼 그는 소극장 제작진이 가장 탐내는 넘버원 멀티맨. 2011년 더뮤지컬어워즈에서는 〈톡식히어로〉의 멀티맨으로 남우조연상까지 받았다. "그냥 재밌게 했는데 관객들이 좋아하시고 제작진도 알아봐주셨어요. 이렇게 상도 주시고 여기저기에서 찾아주시니까 감사하죠. 정말 좋은데, 살짝 부끄럽기도 하고 몸둘 바를 모르겠어요(웃음)."

아니 무대 위에서의 능청스러움은 다 어디로 가고 이렇게 부끄러움을 탄단 말인가. 멀티맨은 1인 다역의 새로운 이름. 인물 수만큼 배우를 쓸 수 없는 소극장 제작 환경 때문에 생겨났지만 쉴 틈 없이 돌아가는 퀵체인지와 급격한 캐릭터 변화로 역량 없는 배우는 감히 소화해낼 수 없는, 어느덧 관객들에게는 주인공보다 더 기대되는 인물이 됐다. 오죽하면 뮤지컬 〈김종욱 찾기〉는 '멀티맨 찾기'라는 애칭이 붙었을 정도. '짜고 치는 고스톱'을 재미와 기발함으로 승화해 관객들은 배꼽을 잡고 기꺼이 속아주고 있다. "예전에도 1인 다역을 하는 배우들은 있었어요. 앙상블도 여러 역할을 하고요. 아마 2006년 〈김종욱 찾기〉 때부터 멀티맨이라는 이름이 붙여졌는데, 한 배우가 여러 단역을 색깔 있게 잘 소화해내서 멀티맨이라는 이름 자체가 살아남은 것 같아요."

무대에서
아이처럼 즐겼다

멀티맨은 깊은 내면 연기를 보일 수 있는 배역도, 한 무대에서 같은 인물로 여러 번의 기회가 주어지는 배역도 아니다. 단 한 번 나왔다 사라지는 단역이 태반이기에 에너지를 배분하면서도 인물마다 캐릭터를 충분히 살려야 한다. 임기홍 씨가 멀티맨으로 각광받는 이유도 여기에 있다. 이름도 없는 캐릭터, 그러나 그가 맡은 인물들은 소품까지 파닥파닥 날뛰며 무대에 오를 때마다 객석의 환호를 이끌어낸다. "멀티맨으로서 가장 중요한 건 모든

"어쩌면 틀이 없었기 때문에 무작정 도전할 수 있었던 것 같아요."

배역을 즐기는 게 아닌가 싶어요. 순간순간 나와서 무대에 양념을 쳐야 하는데, 즐기지 못하면 다음 배역에서 탄력이 떨어지거든요. 사실 멀티맨은 바쁜 건 기본이고 옷 갈아입는 것만도 힘들어서 공연 한 번하고 나면 진이 빠져요. 그래서 배우가 신나게 하지 않으면 힘들어서 못 버티죠."

무대에서 신나게 노는 덕에 임기홍 씨는 공연이 끝날 때마다 주연보다 더 뜨거운 박수를 받는다. 배우라서 천만다행인 천의 표정과 현란한 동작들, 게다가 예측불허의 연기력까지 지닌 그에게 인기비결을 묻자 '그런 게 어디 있느냐'며 손사래를 친다. "저는 연기를 전공한 것도 아니고 27살에 뒤늦게 배우가 됐어요. '뭐 신나는 일이 없을까'

찾다 뮤지컬 오디션을 보게 된 거죠. 사실 서른 넘도록 재대로 돈도 못 받고 공연한 적이 많았는데, 무대에 서는 게 좋아서 따지지 않고 무작정 했던 것 같아요. 아이들이 재밌으면 앞뒤 생각하지 않고 몰입하잖아요. 특히 연기나 공연에 대한 사전 지식이 없었기 때문에 몸을 쓰는 연기든 노래든 제가 할 수 있는 방법을 총동원해서 시도해봤어요. 어쩌면 틀이 없었기 때문에 무작정 도전할 수 있었고, 고정관념이 깨져서 무대 안팎에서 더 재밌게 봐주셨던 것 같아요."

실제로 2001년 그의 데뷔작인 〈홍가와라〉는 소송에 휘말려 단 이틀 공연하고 막을 내렸다. 더위에 소금물까지 먹어가며 석 달간 연습해서 받은 출연료는 단돈 15만 원. 그가 1인 다역으로 주목받기 시작한 것이 2006년 〈뮤직 인 마이 하트〉에서였으니, 5년은 배고프고 캄캄한 시절을 보낸 것이다. 게다가 그는 이른바 '배우' 하면 떠오르는 큰 키에 잘생긴 외모와도 다소 거리가 있다. "뮤지컬어워즈 시상식 때 시간관계상 수상 소감을 짧게 해달라고 해서 '제 키만큼 짧게 하겠다'고 했어요(웃음). 키가 작아서 콤플렉스였는데, 요즘 배우들이 다 크잖아요. 그래서 다들 더 컸으면 좋겠어요. 모두 180cm 이상이면 제가 더 눈에 띄지 않을까요."

아이처럼 내달려 배우로서 가질 수 있는 콤플렉스까지 그만의 매력으로 바꿔버린 임기홍. 덕분에 데뷔 때 15만 원 받던 그는 이제 멀티맨 중에서 몸값 1위를 달리고 있다.

임기홍이 말하는
멀티맨 Q & A

　　　　　　　　　　　멀티맨의 인기가 높아지면서 무
대 뒤 멀티맨에 대한 관객들의 관심도 더해지고 있다. 대표 멀티맨 임
기홍 씨에게 몇 가지 궁금한 점을 물어봤다. 현재 그는 뮤지컬 〈김종
욱 찾기〉에서 22개 인물, 〈톡식히어로〉에서 13개 인물을 소화하고
있다. 특징도 약한 35개 인물, 헷갈리지는 않을까? "워낙 연습을 많
이 하기 때문에 헷갈리거나 실수한 적은 없어요. 어떤 분들은 '이 인
물을 연기해야 할 때 다른 인물로 등장한 적은 없느냐'고 물어보시는
데, 무대 뒤에는 분장과 의상을 담당하는 팀이 따로 있어서 같이 준비
하기 때문에 그런 실수는 없어요. 옷 입는 순서나 가발 쓰는 순서도
정해져 있는걸요."

뮤지컬 〈톡식히어로〉의 경우 주인공도 특수분장을 하기 때문에 무대
뒤가 가장 바쁜 공연으로 유명하다. 배우 5명이 5분에 한 번꼴로 옷
을 갈아입는다고 하는데 멀티맨이야 오죽하겠는가. 옷 갈아입을 때
시간을 단축하는 노하우가 있다면? "어떤 건 10초 만에 옷 갈아입고

"무언가 만들어 갈 수 있는 창작 초연을 좋아하고, 공연보다는 마음껏 시도해볼 수 있는 연습시간을 더 좋아해요."

분장을 바꿔야 할 때도 있어요. 그럴 때는 정말 0.1초가 급하죠. 이제는 체계가 많이 잡혔는데 나름의 공식이 있어요.

하나, 큰 바지 안에는 작은 바지를 입고 있자.

둘, 지퍼와 단추가 같이 있을 때는 하나는 풀어놓는다.

셋, 상의를 바지 안에 넣어야 할 때는 상의를 먼저 입는다.

넷, 옷을 입은 뒤 찍찍이는 분장팀에 맡기고 가발 먼저 쓴다. 가발 위치 잡아야 하니까."

그는 여느 멀티맨보다 독특하고 기발하기로 유명하다. 임기홍 씨가 했던 애드리브 때문에 내용이 바뀌고, 후배들은 그의 애드리브가 적힌 새로운 대본을 받을 정도라는데. 공연 때도 아이디어가 샘솟는지?

"공연은 배우와 스태프 모두의 약속이기 때문에 돌발상황이 아니면 애드리브를 하지 않아요. 하지만 연습시간에는 논다는 생각으로 마음껏 하죠. 반응이 좋으면 애드리브를 살려서 대사화하기도 하고, 비중이 약한 인물이 더 커지기도 해요."

임기홍은
철들고 싶지 않다

재밌어서 무작정 달려온 배우 생활. 몇 초 만에 사라질 이름도 없는 인물 하나하나에 최선을 다하다 보니 명품조연이라는 수식어까지 얻었다. 하지만 멀티맨의 이미지로 고정되는 데 고민도 있을 것이다. 남자 배우라면 누구나 지킬이나 라다메스를 꿈꾸지 않던가. "그런 역할은 시켜주시지도 않겠지만 저도 할 마음 없어요, 재미가 없잖아요(웃음). 저는 '재밌게 살자' 주의인데, 역할도 기발하고 통통 튀는 게 좋아요. 그래서 무언가 만들어갈 수 있는 창작 초연을 좋아하고, 공연보다는 마음껏 시도해볼 수 있는 연습시간을 더 좋아해요. 아직은 임기홍이 멀티맨을 가장 잘한다고 생각하시니까 맡겨주시는 대로 재밌게 잘하고 싶어요."

올해 나이 37살. 그는 처음 무대에 올랐던 그때처럼 철들고 싶지 않다. "같은 작품으로 사람들을 몇 년 만에 다시 만날 때가 있잖아요. 그런데 저더러 좀 점잖아졌다고 하더라고요. 깜짝 놀랐죠. 예전에는 좋아서 무작정 했는데, 나이가 들다 보니까 생각도 많아지고 스트레스도 받는 것 같아요. 그래서 선배들이 '배우는 철들면 안 된다'고 했나 봐요. 철이 들면 틀이 생기는 거니까요. 물론

"무엇보다 즐거운 연기를 하고 싶어요.
하면서도 즐겁고 보면서도 즐거운."

철이 들어야 할 부분도 있겠지만, 웬만하면 거부하고 있어요(웃음)."

물론 그 역시 더 나은 배우를 꿈꾼다. 후배들에게 롤 모델이 될 수 있는 선배, 분신 같은 멀티맨을 넘어 더 넓은 무대에서 즐거운 연기를 하고 싶다. "지금보다 더 나은 배우가 되고 싶어요. 멀티맨은 하나의

역할이니까 다른 역할도 좋고, 연기의 폭을 넓혀서 연극도 해보고 싶고요. 또 무대에서든 무대 밖에서든 좋은 사람이 됐으면 좋겠어요. 제가 생각하는 좋은 선배는 말로 시키는 것보다 스스로 보여줘서 따라오게 하는 선배거든요. 멀티맨의 노하우를 알려주는 게 아니라, 동생들이 제가 하는 걸 보고 느끼고 배울 게 있으면 다행이죠. 그리고 무엇보다 즐거운 연기를 하고 싶고요. 하면서도 즐겁고 보면서도 즐거운. 즐겁다는 게 꼭 웃긴 걸 말하는 건 아니잖아요. 메시지를 줄 수 있다면 더 좋겠고요."

우리는 누구나 무대에서, 그리고 삶에서 주인공이기를 바란다. 하지만 배역의 비중보다 더 의미 있는 것은 얼마나 최선을 다했느냐, 얼마나 그 시간을 즐겼느냐가 아닐까. 관객의 환호와 박수갈채는 '배역'이 아니라 '배우'에게 쏟아지는 것이기 때문이다. 무엇보다 스스로 신나고 행복할 때 그 무대와 삶은 진정 성공했다 말할 수 있을 테니 말이다.

임기홍 씨는 남우조연상 수상 소감에서 '쟁쟁한 다른 후보들을 내가 이겼다. 앞으로도 무대에서 더 열심히 뛰고 구르고 처박히겠다'고 말했다. 내가 임기홍 씨를 처음 본 것이 2007년 〈김종욱 찾기〉에서였으니, 그가 멀티맨으로 이름을 알리기 시작할 때다. 그 뒤 나는 임기홍 씨가 나오는 작품은 주연배우가 누구인지 따지기 전에 멀티맨의 캐스팅 일정표를 살핀다. 주위를 보니 그런 관객들이 꽤 많았다. 임기홍 씨의 말처럼 그가 내로라하는 훈남 배우들을 모두 이긴 것이다. 물론 관객들 역시 열렬히 응원하고 있다. 앞으로도 무대 위에서 열심히 뛰고 구르고 처박힐, 철들지 않는 신나는 배우 임기홍을.

지독하게 사랑하면
지쳐도
다시 일어난다

이석준

배우

유독 다감한 사람이 있다. 직업상 사람들을 많이 만나며 '다감함'이 얼마나 큰 능력인지 알게 됐기에, 나는 이 남자의 인생 행보에도 다감함이 가장 큰 원동력이 아닐까 생각해본다. 그 풍부한 감성으로 무대를 바라보고 사람을 껴안을 줄 아는 남자. 이 남자가 2011년이 제2의 전성기인지, 연극 〈디너〉 〈미드썸머〉, 영화 〈멋진 인생〉, 뮤지컬 〈톡식히어로〉 〈스토리 오브 마이 라이프〉, 드라마 〈애정만만세〉 등 참으로 다양한 작품에 연이어 참여하며 자신의 존재감을 과시하고 있다. 그 모습도 어찌나 다양한지, 봄에는 날마다 욕먹는 나쁜 남자로, 여름에는 객석의 배꼽을 강탈하는 녹색 괴물로, 그리고 가을에는 꿈을 먹고사는 순수한 소년으로 변신했으니, 그가 새삼 '배우'라는 것을 절감한다. 그의 '무대와 사람 사랑'은 여기에서 그치지 않는다. 매달 두 차례, 공연계 토크쇼라 할 수 있는 〈뮤지컬 이야기쇼〉를 진행하며 배우와 관객들에게 소통의 장을 마련하고 있다. 다감함도 좋지만, 나이 마흔에 이렇게 달리기는 제법 힘들 텐데⋯. 이석준 씨 괜찮나요?

배우의 변신은
무죄

"힘들어요. 체력적으로 정말 힘들어서 '한 해 한 해 다르구나' 느끼고 있죠. 게다가 〈톡식히어로〉는 한 회 하면 기절할 정도로 힘들어서 간신히 하루하루 버티고 있다고 봐야죠(웃음)."

2011년 연극 〈디너〉와 뮤지컬 〈톡식히어로〉에서 이석준 씨를 보고 도무지 같은 인물임을 믿지 못하고 있던 나는 그가 〈스토리 오브 마이 라이프〉에 참여한다는 말을 듣고 도저히 만나지 않을 수가 없었다. 천하에 나쁜 남자에서 관객들의 배꼽을 강탈하는 괴물, 그리고 다시 꿈과 순수로 대변되는 4차원의 앨빈까지. 1년 동안 천차만별의 캐릭터를 도맡으며 그의 심신이 멀쩡한지 확인하고 싶었던 것이다. "전혀 다른 조직과 정신세계를 끄집어내야 하죠. 저는 작품을 겹쳐서 출연하지는 않는데, 이번에 〈톡식히어로〉 공연과 〈스토리 오브 마이 라이프〉의 연습이 겹쳤어요. 〈스토리 오브 마이 라이프〉는 지난해 했던 작품이지만 버거워요. 또 지난 무대에서 아쉬웠던 미세한 부분을 찾아내야 하는데, 아직 모든 조직과 정신세계가 이상한 괴물이라서 변환이 잘 안 되네요(웃음)."

〈톡식히어로〉는 몬스터급 코미디물을 자처하는 뮤지컬로, 이석준은
소심남 멜빈과, 멜빈이 유독성 폐기물에 빠진 뒤 변한 녹색 괴물 톡시
를 연기했다. 나이 마흔의 중견 배우가 이 배역을 맡으리라고는 상상
도 못했던지라, 그런데 의외로 정말 잘 어울려서, 나는 이석준이라는
배우를 다시 봤다. "잘 만들어진 작품은 오히려 피로를 느껴요. 숟가락
만 얹으면 되는 곳에 들어가면 제가 숟가락이 된 것 같거든요(웃음). 작
품에서 표현할 게 있을 때, 제가 아이디어를 내고 찾아가면서 좀 더 발
전시킬 수 있겠다 생각될 때 참여하는데, 그런 면에서 〈톡식히어로〉
는 의외였죠. 초연 때 오만석 씨가 했던 모습을 보면서 '저건 하면 안
되겠다, 만석이만큼 하기 힘들고 내 스타일도 아니다'라고 생각했거
든요. 여러 가지 면에서 힘들었던 작품인데, 하면서 많이 나아졌어요.
어쩌면 제가 스스로 한계를 지어놨다는 생각이 들더라고요. 그래서
배우는 역시 무대 위에서 승부를 다퉈야 하나 봐요."

그런데 연이어 맡은 인물은 뮤지컬 〈스토리 오브 마이 라이프〉의 '앨
빈'이다. 〈스토리 오브 마이 라이프〉는 두 남자의 우정을 서정적으로
그린 작품. 무대에는 어릴 적 모습 그대로 순수함과 꿈을 간직한 채
변하지 않는 앨빈과 세상의 시류에 편승해온 토마스 두 사람만 등장
한다. "실제 성향은 토마스에 가까워요. 하지만 저는 의외성을 좋아
하기 때문에 저에게 앨빈이 더 맞다고 믿고 가는 것이죠. 이 작품에
있는 메타포나 소스를 다 표현할 수만 있다면 제 인생에 꼽히는 작품

"강한 역할은 제 속에 있는 다른 걸 쏟아 붓게 해서,
그럴 때 매력을 느끼는 것 같아요."

이 되겠다 생각했거든
요." 하긴 연극 〈39계
단〉 〈썸걸즈〉 〈욕망이
라는 이름의 전차〉, 뮤
지컬 〈젊은 베르테르의
슬픔〉 〈아이다〉 〈헤드
윅〉 〈틱틱붐〉 등 그는
경쾌하고 밝은 성격과
달리 작품에서는 유독
강한 캐릭터만 도맡아
왔다. "제가 평탄하게
자라서 그런지 몰라도 강한 역할을 동경해요. 강한 역할은 제 속에 있
는 다른 걸 쏟아 붓게 해서, 그럴 때 매력을 느끼는 것 같아요."

나를 더 나은 배우이게 하는
아내 추상미

1996년 연극 〈바람과 함께 사라
지다〉로 데뷔한 이석준 씨를 세상에 널리 알린 작품은 2005년 뮤지
컬 〈아이다〉. 당시 라다메스 장군으로 객석의 뜨거운 시선을 한 몸에

받은 그는 이후 〈헤드윅〉〈틱틱붐〉 등의 작품에서 인기몰이를 이어 갔다. 그는 2003년 뮤지컬 〈젊은 베르테르의 슬픔〉에서 남녀 주인공으로 발탁돼 인연을 맺은 영화배우 추상미 씨와 열애 중이었다. 무대 안팎으로 쭉쭉 뻗어나간 것이다. 그러나 남모르는 사정이 있었으니, 현실의 아이다인 추상미 씨에게 가장 혹독한 모니터링을 받은 것 또한 그 시절이었다. "〈헤드윅〉 때죠. 〈아이다〉 이후 자신감이 충만했을 때라 저는 잘했다고 생각했어요. 그런데 추상미 씨가 '재미와 별개로 아픔은 잡고 가야 하는데, 관객들과 함께하는 보이는 연기에만 몰입한 것 같다'고 하더라고요. 돌을 맞은 것 같았어요. 너무 창피해서 일주일을 잠적하고는 대본을 뜯어보면서 처음부터 감성을 다시 잡았죠."

그래서일까? 이석준 씨는 경력치고 참여한 작품 수가 많지 않다. 유독 연기에 욕심이 많은 그는 아내 추상미 씨에게 '좋았다'는 말을 듣기 위해 더욱 집요하게 작품에 파고든다. "저한테는 연기적인 사명이 많은 것 같아요. 어느 누가 공연장에 온다고 해도 떨리지 않는데 아내가 온다고 하면 긴장해요. 본인 스스로 말하거든요. '연기자 집안에서 자라서 내가 해낼 수 있는 것보다 보는 눈이 훨씬 높다'고요. 그래서 가차 없어요. 연기를 집요하게 할 수 있었던 것도 아내에게 '좋았다'는 말 한 번 들어보려고 계속 파게 된 것 같아요."

"배우는 캐스팅되지 않으면 작품을 할 수가 없고, 열심히 했지만
관객들이 감동을 느끼지 못하면 아무 소용이 없어요."

그에게 아내 추상미 씨는 뮤지컬 〈스토리 오브 마이 라이프〉의 앨빈
처럼 평생에 영감과 자극을 주는 친구인 것이다. "아내에게는 아버님
(연극배우 고 추송웅)에게 물려받은 혜안과 예술적 깊이가 있어서, 제가
작품의 표면을 긁고 있을 때 저 깊은 곳에서 씨앗을 물어다 건네주고
가거든요. 처음에는 부럽다 못해 화가 나기도 했어요. 싸우기도 많이
싸웠죠. 대신 아내는 무대의 전체적인 그림이 약해요. 그래서 저에게
동선에 대해 알려달라고 하죠. 저는 단순노동, 그녀는 고급인력 같지
만, 감사하게도 결혼생활을 유지하면서 하나씩 주고받다 보니 더할

나위 없는 좋은 친구가 됐어요(웃음)."

이석준의
〈뮤지컬 이야기쇼〉

언젠가 대학로의 한 식당에서 제
작진에 둘러싸인 이석준 씨를 본 적이 있다. 식사가 이뤄지는 내내 참
유쾌하게도 말을 이어갔다. 그는 그렇게 입담이 좋은 배우로 유명하
다. 또한 유독 무대를 사랑한다. 그래서 이석준 하면 빼놓을 수 없는
것이 〈뮤지컬 이야기쇼〉다. 공연 안팎의 사람들과 그들의 이야기를
쏟아내는 이 무대는 배우와 관객의 소중한 소통의 장이다. "탤런트나
가수들은 TV 예능 프로그램에서 그들의 이야기를 쏟아내지만 무대
배우들은 관객들과 마땅히 이야기를 나눌 곳이 없어요. 그래서 배우
들은 이야기쇼를 좋아합니다. 치유를 받는 면이 있거든요. 왜냐하면
배우들은 무대 위에서 다른 인물을 연기하고 박수를 받잖아요. 그런
데 〈뮤지컬 이야기쇼〉에서는 자신의 모습을 진심으로 얘기하고, 그
것을 사랑하는 관객들이 있다는 것을 바로 눈앞에서 느낄 수 있으니
까요."

2007년 10월 100회 공연을 끝으로 막을 내린 〈뮤지컬 이야기쇼〉는

2011년 6월 시즌2를 시작했다. 시즌1이 잘 마무리된 데다, 이후 우후 죽순 생겨난 비슷한 무대가 실패를 거듭했던 만큼, 시즌2의 막을 올리기까지는 더 큰 각오가 필요했다. "무서웠죠. 하지만 100퍼센트 관객들 덕분에 다시 돌아왔어요. 이건 돈을 생각하거나 쇼를 돋보이려고 하면 성공할 수가 없어요. 정말 이 무대를 사랑하는 사람들이 모여야 하는데, 다행히 저희 스태프들은 뮤지컬과 배우를 굉장히 사랑하는 팬들로 구성돼 있어요. 일반적인 제작진보다 무대를 사랑하는 마음이 몇 단계 높은 것이죠. 그래서 손해를 보고 자기 시간을 할애하면서도 하는 거예요."

시즌1 때 아쉬웠던 점은 〈뮤지컬 이야기쇼〉 자체를 좋아하기보다는 배우 개개인을 좋아하는 관객들이 많았다는 것. 이석준 씨는 무대의 보다 다양하고 소소한 맛을 전하기 위해 시즌2에 색다른 시스템을 도입했다. 충무아트홀이 격주 월요일 공연장과 시스템을 제공하고, 티켓 수입은 전액 기부하는 것이다. "다시 돌아올 때 관객들과 약속을 했어요. 출연료를 받지 않겠다고요. 인기 배우가 나와야 티켓이 팔리는 시스템이면 누구나 와서 즐기는 쇼를 만들 수가 없잖아요. 뮤지컬 배우는 상업과 비상업의 경계에 있어요. 저는 관객들이 모르는 사람도 소개하고 싶고, 배우뿐만 아니라 연출가나 음악감독 등 뮤지컬에 관한 날것을 얘기하고 싶거든요. 그래서 제작비만 지원받고 관객 수입은 전액 기부하고 있습니다."

그 역시 배우. 유난히 열심히 달렸던 2011년 배우 이석준이 〈뮤지컬 이야기쇼〉에 초대된다면 마음속 어떤 얘기를 꺼내고 싶을까? "지금 껏 제가 잘해서 여기까지 온 것이 아니었다는 말을 하고 싶어요. 정말 열심히 살았고 노력했기 때문에 지금이 있다는 생각을 살짝 하고 있 었는데, 사실 제 힘으로 할 수 있는 게 단 하나도 없더라고요. 예를 들 어 배우는 캐스팅되지 않으면 작품을 할 수가 없고, 열심히 했지만 관 객들이 감동을 느끼시 못하면 아무 소용이 없어요. 세상에 감사할 일 이 정말 많은 것이죠. 또 올해는 최선을 다했고, 복을 많이 받았다고 생각해요. 작품도 끊임없이 했고, 좋은 작품과 좋은 연출가를 만나서 많이 배웠고, 그래서 제 한계를 뛰어넘는 기회도 있었고요."

이석준은
여전히 무대를 사랑한다

이석준 씨와 얘기를 나누다 보면 늘 아내인 추상미 씨가 한껏 부러워진다. 무대에서 느껴지는 도도하 고 거친 모습과 달리, 그는 무척이나 재밌고 아기자기했다. '다시 한 번 말씀드리지만, 무대에서는 제게 없는 것들, 제가 동경하는 깊이를 표현하는 것이니까요. 저와 다른 부분을 찾아가니까 오히려 집중하 고, 포기하지 않고, 때로는 겸손할 수 있는 것 같아요. 성격은 굉장히 밝습니다. 공연할 때도 작업 중에 동료들끼리 뭔가 맞지 않으면 기필코 두 사람을 화해하게 하고, 만약 제가 문제라면 싸워서라도 풀어요. 어차피 연기라는 건 관계라서, 관계가 무너지면 좋은 작품이 나올 수 없거든요."

무대에서 16년. 그는 매 순간 새로운 것을 찾아내 새로운 감동을 선사하고 싶다. 그래서 배우로서 팬들에게 듣는 가장 행복하면서도 두려운 말은 '믿는다'는 말이다. "후배들이 배우에 대해 물을 때면 얘기해요. '회사로 따지면 3개월마다 다른 회사에 취직하는 거야. 3개월마다 새로운 사람들을 만나 새로운 업무를 배우는 것이지. 그렇게 평생 가는 거야.' 매번 새로운 인물을 만든다는 건 굉장히 괴로운 일이거든요. 나이를 먹을수록 새로운 연기 영역이 보이고, 그걸 내 것으로 만들기 위해서 또 노력해야 하니까요. 하지만 언제나 완전한 모습을 보일 수 있는 배우가 되고 싶고, 그런 작품을 만나고 싶고, 그러기 위해서 계속 열심히 뛰고 싶어요."

그는 여전히 무대를, 뮤지컬을 사랑한다. 그리고 언젠가는 우리나라 사람들이 우리의 이야기와 정서, 우리의 노래로 만든 '한국적인 뮤지컬'이 무대의 중심에 서는 것을 보고 싶다. "뮤지컬 배우를 선택한 걸 한 번도 후회한 적은 없어요. 뮤지컬 배우라서 누린 것들이 얼마나 많았는데요. 모든 장르가 결합된 총체적인 것이 뮤지컬이라고 생각해요. 무대에서 실험하고 보여주고 싶은 게 아직도 많고요. 저는 아직 진정한 한국적인 뮤지컬이 나오지 않았다고 생각해요. 한국적인 뮤지컬이 세계에 우뚝 서고, 대한민국의 중심에서 끝도 없이 공연되는 걸 보는 것이 제 꿈입니다.”

하나의 작품이 무대에서 공연되기까지는 수많은 사람들이 수많은 날 동안 흘린 뜨거운 땀방울이 있다. 그러나 그 무대는 한 번으로 완성되지 않고, 매일 매일 공연이 끝날 때까지 되풀이된다. 그리고 앙코르는 물론 또 다른 연출가와 배우들에 의해 또다시 새로운 무대로 태어나기도 한다. 무대에서 완성이란 없는 것이다. 그런데도 그 무대가 좋다고 100번이고 똑같은 분장을 하고 똑같은 대사를 읊조리는 그들은 무엇일까. 정말 지독한 사랑이라는 생각이 든다. 그런데 사랑이기에 그들은 지칠 줄 모른다. 아니, 지쳐도 웃으며 다시 일어난다. 그래서 이 도시적이고 한껏 거만할 것 같은 남자 이석준에게서는 만날 때마다 편안한 사람냄새가 난다. 얼마 전 그렇게 기다리던 아이가 태어났다는 소식을 들었다. 이제 아빠가 됐으니, 그 연기의 깊이와 넓이는 더 확장되지 않겠는가. 그래서 더욱 궁금해진다. 다감한 배우 이석준이 또 어떤 캐릭터로 변신해 새로운 감동을 줄지 말이다.

무대는
내 간절함만큼
열렸다

차지연
뮤지컬 배우, 가수

그녀는 큰 키만큼이나 화통했다. 인터뷰 일정을 세 번이나 바꾼 통에 살짝 언짢은 마음을 표현해 보려 했으나, 카페에서 보자마자 기다란 팔다리를 허우적거리며 사과를 하는지라, 되레 많은 사람들 앞에 난감한 지경이었다. 그때 그녀는 뮤지컬 〈몬테크리스토〉의 주인공 메르세데스로 낙점된 상태. 훌륭한 신체 조건에 탁월한 가창력, 쌓여가는 연기력으로 대극장 공연을 휘어잡은 선 굵은 배우로 입지를 다진 뮤지컬 배우였다. 그러나 그녀는 거기에서 만족하지 않았다. 큰 키만큼이나 쭉쭉 뻗어나가더니, 어느덧 TV 음악 프로그램에, 드라마에, CF에까지 모습을 드러냈다. 그 화통한 여인은 이제 '임재범의 그녀'로 더 유명한 차지연. 그렇게 가수가 되고 싶다고 하더니, 그렇다고 임재범 씨의 '그대는 어디에'로 첫 싱글앨범을 낼 줄은 몰랐다. 역시 큰 키만큼이나 대차다. 그런데 나는 화면 속의 그녀를 볼 때마다 화려한 모습 뒤로 소탈한 모습이 자꾸 떠오른다. 그리고 그 노래에 밴 깊은 울림이 그곳에 서기까지 그녀가 치러야 했던 숱한 고난과 혹독한 시련이라고 생각하니, 왠지 먹먹한 가슴에 남모를 박수를 보내고 싶었다.

국악,
그리고 방황

2011년 제5회 더뮤지컬어워즈에서 차지연 씨는 뮤지컬 〈서편제〉의 송화 역으로 여우주연상을 거머쥐었다. 뮤지컬 〈서편제〉를 봤다면 그녀의 판소리 실력이 보통이 아님을 단박에 알 수 있다. 게다가 판소리의 필수 요건이라는 '한'도 제대로 서려 있다. "세 살 때부터 판소리와 국악을 배웠어요. 집안이 전부 국악을 했거든요." 그녀의 외할아버지는 판소리 인간문화재 고 박오용 옹. 그녀는 집 안에 널린 국악기들을 두드리며 자랐고, 가야금과 창을 배워 어렸을 때는 '국악 신동'으로 통했다.

그러나 아버지의 사업 실패로 집안 형편은 어려워졌고 국악도 놓을 수밖에 없었다. 가수가 되고 싶었던 그녀는 고등학교 3학년 때 동생과 함께 무작정 서울로 올라와 생활비를 벌며 학교에 다녔다. 그러나 가수가 된다는 것은 생각보다 어려운 일이었다. 실력은 타고났으나 비빌 언덕이 없는 소마냥 어떤 기회도 잡을 수가 없었다. "제 이름으로 된 앨범을 갖는 게 쉬운 일이 아니더라고요. 많은 기획사를 전전하면서, 정말 1999년부터 7년 정도는 지독한 방황과 아픔의 시절이었어요."

2005년 뒤늦게 서울예대 연극과에 입학했다. 그러나 어려웠던 집안은 더욱 힘들어졌고, 그녀는 학교마저 그만두고 사회에 나와 돈을 벌어야 했다. 뮤지컬 역시 생계문제를 해결하기 위해 시작했다. 노래하면서 월급을 받을 수 있다는 얘기에 솔깃한 것이다. "충무로 지점이었던 것 같은데, 은행에서 아르바이트도 했어요. 정말 열심히 했어요(웃음). 그런데 학교 동기가 뮤지컬 오디션을 보라는 거예요. 일본 사계극단에서 앙상블도 괜찮냐고 묻는데, 그때는 뮤지컬의 '뮤'자도 몰라서 앙상블이 배역 이름인 줄 알았어요. 그렇게 일본에 갔죠. 그때 오디션을 보지 않았다면 저 지금 뭐하고 있을까요(웃음)?"

뮤지컬, 그리고 희망

그녀는 그렇게 뮤지컬과 인연을 맺었다. 2006년 뮤지컬 〈라이온 킹〉의 라피키로 데뷔한 이후 〈마리아 마리아〉의 마리아, 〈드림걸즈〉의 에피, 〈선덕여왕〉의 미실, 그리고 〈몬테크리스토〉의 메르세데스와 〈서편제〉의 송화로, 줄곧 대작의 여주인공으로 승승장구했다. "진실한 모습을 보이려고 노력한 게 전달되지 않았나 싶어요. 무대 위에서 매번 똑같을 수는 없지만, 99퍼센트 이상은 회마다 다른 이유들, 다른 동기들을 찾아서 진정성을 갖고

"저는 진짜 심장을 갖고 제 것을 표현하는 게
더 중요하다고 생각해요."

다가서거든요. 그게 저의 무기이
고 장점이에요. 뮤지컬 배우라면
목소리 컨디션이나 노래에 굉장
히 신경 쓰는데, 물론 그것도 중
요하지만, 저는 진짜 심장을 갖
고 제 것을 표현하는 게 더 중요
하다고 생각해요."

그런데 그녀에게는 '여배우'보
다는 '여장부'라는 표현이 어울
리는 것 같다. 그녀는 실제로도
장난꾸러기에, 쉬는 날에는 볼링
과 당구를 즐기며 마구 뛰어다니
는 선머슴이다. "맞아요, 저 성격 정말 털털해요. 그래서 계속 훈련했
잖아요. 우아한 여배우 되기(웃음). 여배우로서 이미지 관리를 못하는
것일 수도 있지만, 무대에서도 예쁘게 울고 웃는 법은 모르겠어요. 그
냥 얼굴이 망가지고 속눈썹이 떨어져도 제 감정이 우러나오는 대로
하는 게 맞는 것 같아요."

과연 뮤지컬 무대가 없었다면 차지연 씨는 지금 어디에 있을까. 이렇
듯 그녀에게 뮤지컬은 엄청난 기회였고, 그 문턱에 도달하기까지 겪

어야 했던 어려운 시기는 무게감 있는 진지함으로 무대 위의 그녀를 더 빛나게 했다. 덕분에 데뷔 5년 만에 더뮤지컬어워즈에서 여우주연상을 거머쥐었다. 어느덧 대극장 공연에 가장 손꼽히는 여배우로 자리매김한 것이다. 그리고 무대를 소중히 여긴 그 마음은 또 다른 기회를 선사했다.

가수,
그리고 생채기

그녀가 드디어 일을 냈다. 〈나는 가수다〉에서 임재범이 '빈잔'을 부를 때 피처링으로 무대에 올라 존재감을 인정받더니, 〈유희열의 스케치북〉에 단독으로 출연해 '그대는 어디에'를 불렀다. 드라마에 CF, 대학 강의까지 종횡무진이다. 실력이 있고 그 끼를 연마해온 오랜 준비 기간이 있었기에 기회가 닿자 그야말로 봇물이 터진 것이다.

그러나 유명해지는 것은 수많은 생채기를 동반한다. 일단 뮤지컬 쪽에서는 서운한 기색이 역력하다. 가수로 데뷔해 감격에 겨워 우는 모습이 뮤지컬의 가치를 상대적으로 절하하는 것으로 비쳐졌고, 게다가 발길까지 딱 끊어 오해는 깊어졌다. 뮤지컬 팬들도 '이제 뮤지컬은 하지 않는 거냐며 걱정과 불만의 목소리를 높였다. "뮤지컬은 제게 노래를 할 수 있게 허락해준 엄마 같은 존재예요. 엄마를 저버릴 수는 없잖아요. 많은 오해들이 걱정스러웠지만 제 마음이 그렇지 않기 때문에 다시 만나면 알아주시리라 믿었어요."

믿었다. 하지만 추가 인터뷰를 위해 소속사에 수십 차례 전화를 걸었으나 매번 거절당하자 나 역시 지쳤다. 현란한 치장에 수많은 수식어들. 객석이 아니라 카메라를 통해 바라본 그녀의 모습은 점점 화려해졌고, 모든 것이 내가 아는 차지연 씨와 너무 달랐다. 그런데 그녀 역시 낯선 세계에서 중심을 잃고 방황하고 있었다. 간절히 원했던 무대였지만 수많은 것에 휘둘리면서 그녀의 '진짜 심장'은 크게 상처받았다. "뮤지컬을 할 때와는 많이 달랐어요. 그래서 너무 외롭고 힘들었어요. 진실이 통하지 않고, 진심이 통하지 않을 때, 믿음이 깨지니까 '내가 무엇 때문에 이러고 있나' 허할 때도 있었고, 한편으로는 가수 분들이 대단하다는 생각도 들었고요. 짧은 시간이지만 인생공부를 많이 했죠. 다행히 많은 분들이 응원해주셔서, '이러면 안 되겠구나, 다시 지혜롭게 잘 이겨내야겠다' 생각하고 있어요."

무대,
그리고 진정성

그녀를 다시 만난 건 2012년 2월,
뮤지컬 〈서편제〉의 미니콘서트
현장이었다. 그녀는 뮤지컬 배우
로 다시 관객들을 만나며 눈물을
글썽였다. 이 무대에 돌아오기까
지 쉽지 않았다고. 작품에 다시 참
여할 수 있게 도와준 선배들과 제
작진, 관객들에게 하루하루 감사
하는 마음으로 무대에 오르겠다
고 했다. 반년 사이 너무나 차분해

"제 마음은 너무나 뜨겁고 간절한데, 이미 여기 와 있는데."

진 그녀의 모습에서 그간의 힘겨움이 느껴졌다. 미니콘서트가 끝나
고 다른 인터뷰가 예정된 그녀를 붙들고 '내가 아는 차지연 씨가 맞
는지' 다시 확인해보았다. "저에게는 오늘이 기적 같아요. 다시 뮤지
컬 무대로 돌아오는 게 쉽지 않았거든요. 제 마음은 너무나 뜨겁고 간
절한데, 이미 여기 와 있는데, 여러 가지 현실적인 문제들이 많았어
요. 그래서 정말 감사하고 더 남다른 무대예요."

자, 이렇게 뮤지컬 무대로 돌아왔으니 그간의 오해는 자연스레 풀린

것이 아닌가. "올해 〈서편제〉를 시작으로 다시 작품 해야죠. 뮤지컬을 떠나서는 못 살겠더라고요, 아차 싶었어요(웃음)." 그녀는 스스로 다짐했던 배우로서 세 가지 마음가짐도 잊지 않았다. "첫째, 배역을 떠나 '차지연' 자체로 따뜻하고 좋은 사람이라는 느낌을 줄 수 있는 배우가 되고 싶어요. 둘째, 책임감 있는 배우가 되고 싶어요. 언제나 밟을 수 있는 것처럼 무대에 올라가고 싶지는 않아요. 마지막으로 믿음 있는 배우가 되고 싶어요. 어떤 작품을 하더라도 '차지연'이 한다면 믿고 볼 수 있게요."

그녀는 가수라는 낯선 무대에서도 좀 더 완벽한 모습을 선사하고 싶다. 힘들었던 만큼 음악에 대한 욕심은 커졌고, 좋은 음악을 하기 위해서는 먼저 스스로를 믿고 사랑해야 한다는 것도 배웠다. "제 안에 중심을 더 단단하고 견고하게 세워야 할 것 같아요. 무엇보다 '내가 나를 사랑하지 않으면 다른 사람도 사랑하지 않는다'는 걸 깨달았어요. 아직까지는 숙제예요, 내가 나를 어떻게 사랑할지(웃음). 앨범은 시간이 걸리더라도 공들여서, 열심히 공부해서 내고 싶어요. 그냥 쉽게 낼 수 있는 음악은 제 마음에서 허락되지 않는 것 같아요."

이제 거친 물결이 잔잔해지면 '스스로를 사랑하는 법'이 보이지 않을까. 나는 기억하고 있다. 그녀는 과거에도 가장 중요한 것이 '사랑'이라고 했다. 그렇게 '사람들을 위로하는 노래'를 부르고 싶다고. "저는 인생에서 가장 중요한 것이 사랑이에요. 명예나 부, 권력도 모두 살아 가는 데 굉장히 필요하지만, 사랑과 비교할 수는 없는 것 같아요. 그 게 저에게는 가장 큰 힘이고요. 사실 저는 요즘같이 빠른 변화에 적응 을 잘 못해요. 저의 감성은 아날로그거든요. 모든 것이 옅어지고 가벼 워지는 시대에 저만은 무대에서 사랑이나 외로움, 상처라는 것들을 어루만지고 싶기 때문에 더더욱 가벼워질 수 없는 것 같아요."

중간에 그녀를 새치기한 것이라 우리는 몇 분 뒤 서늘하게 헤어져야 했다. 하지만 시끌벅적한 객석에서 진행된 짧은 인터뷰에서 나는 다 시 '차지연의 진짜 심장'을 만날 수 있었다. 화통함에서 애절함까지, 그녀의 주체 못할 에너지를 감당할 곳은 역시 무대밖에 없어 보였다. 그녀도 무대가 좋다고 한다. 아프다가도 무대에 올라가면 나아서 내 려온다고. 하지만 더없이 잔인한 곳이라는 것도 알기에, 그녀는 항상 최선 이상의 것을 토해낸다. 그녀가 빠른 시간 대극장의 여배우로 우 뚝 섰고, 다시 가수로서 존재감을 인정받은 것도 같은 이유일 것이다. 그녀는 언젠가 힘들었던 지난날을 떠올리며 '하늘이 왜 내게만 이런 고통을 줄까'라고 생각한 적이 있다고 했다. 이제는 알 것이다. 그 고 통이 있었기에 '진짜 심장'을 갖게 됐다는 걸. 죽을 것 같은 고통의 시 간이 있었기에 무대에서 감동을 주고 노래로 사람을 위로할 수 있는 힘을 얻게 됐다는 걸 말이다. 상처가 깊었던 사람은 그 상처를 어루만 져준 타인을 잊지 않는 법. 그녀는 이렇게 다시 무대로 돌아왔다.

이제는 마음 비우는 일 하나로 살아간다
강물은 흐를수록 깊어지고
돌은 깎일수록 고와진다
　— 우미자, '겨울강가' 중에서

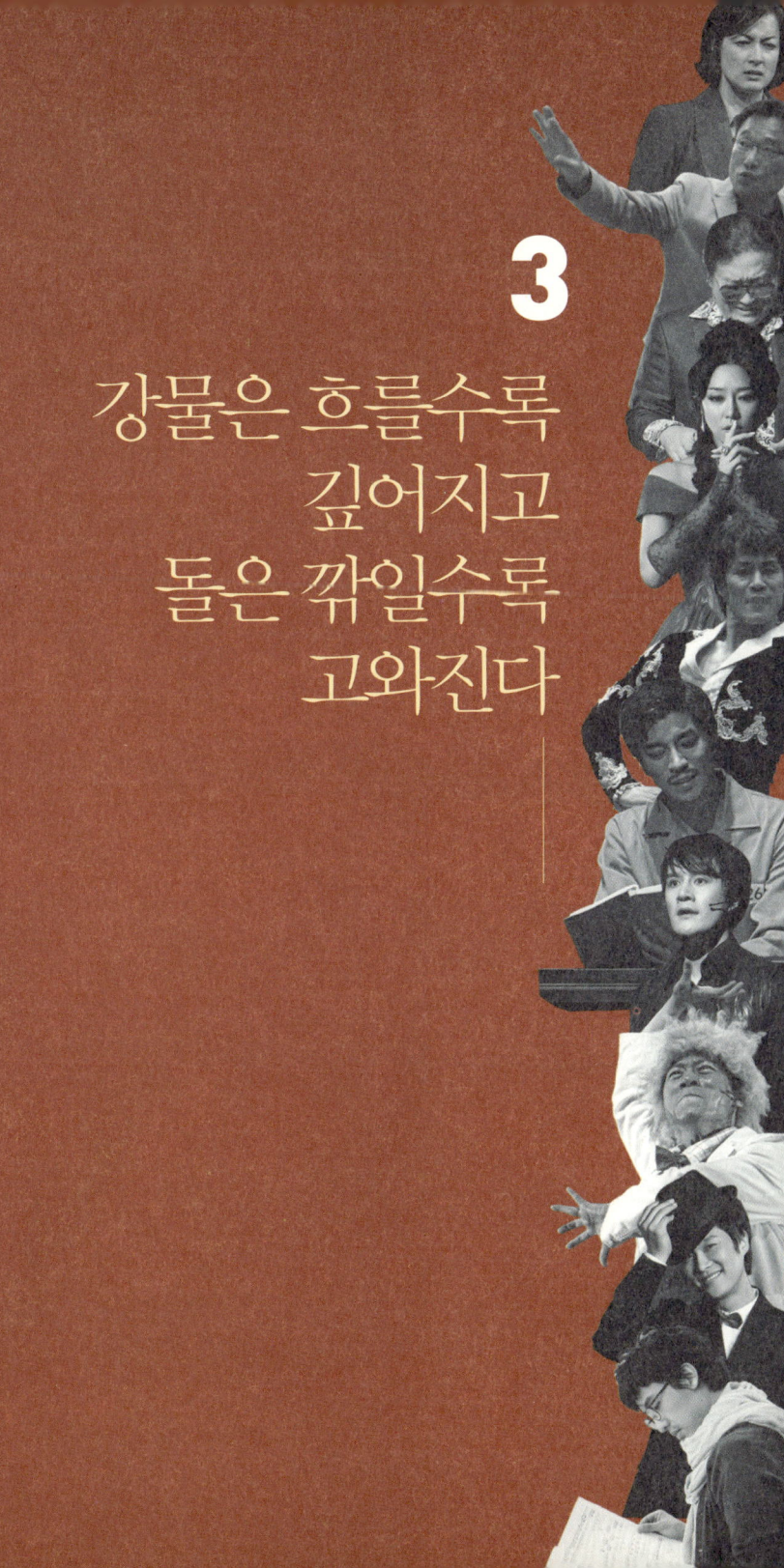

3

강물은 흐를수록
깊어지고
돌은 깎일수록
고와진다

태풍을 만나 오랫동안 바다를 표류하던 삼형제가 어느 무인도에 닿게 됐다. 그날 밤, 세 사람 꿈에 신이 나타나 말했다. "섬 한가운데에 아주 높은 산이 있는데, 높이 오를수록 세상을 멀리까지 볼 수 있다. 각자 원하는 곳까지 바위를 굴려 올라가되, 멈춰서면 그곳에서 영원히 살게 될 것이다." 삼형제는 다음 날 실제로 비탈길 위로 큰 바위를 굴리며 산을 오르기 시작했다. 고생스러운 행보였기에 막내가 제일 먼저 손을 들었다. "이쯤이면 바다도 가까워 고기도 잡을 수 있고, 세상을 그리 멀리까지 보고 싶지는 않아." 산 중턱까지 갔을 때 둘째도 주저앉았다. "여기는 과일도 풍성하고, 세상도 어느 정도 보이네." 맏형은 힘들었지만 포기하지 않았다. 그리고 마침내 산꼭대기에 올라섰다. 그는 정말 누구보다 멀리 세상을 볼 수 있었다. 그런데 그곳은 척박했고 마실 물도 제대로 없었다. 하지만 그는 후회하지 않았다. 보고 싶었던 세상을 한눈에 담을 수 있었으니까.

– 무라카미 하루키, 〈어둠의 저편〉 중에서.

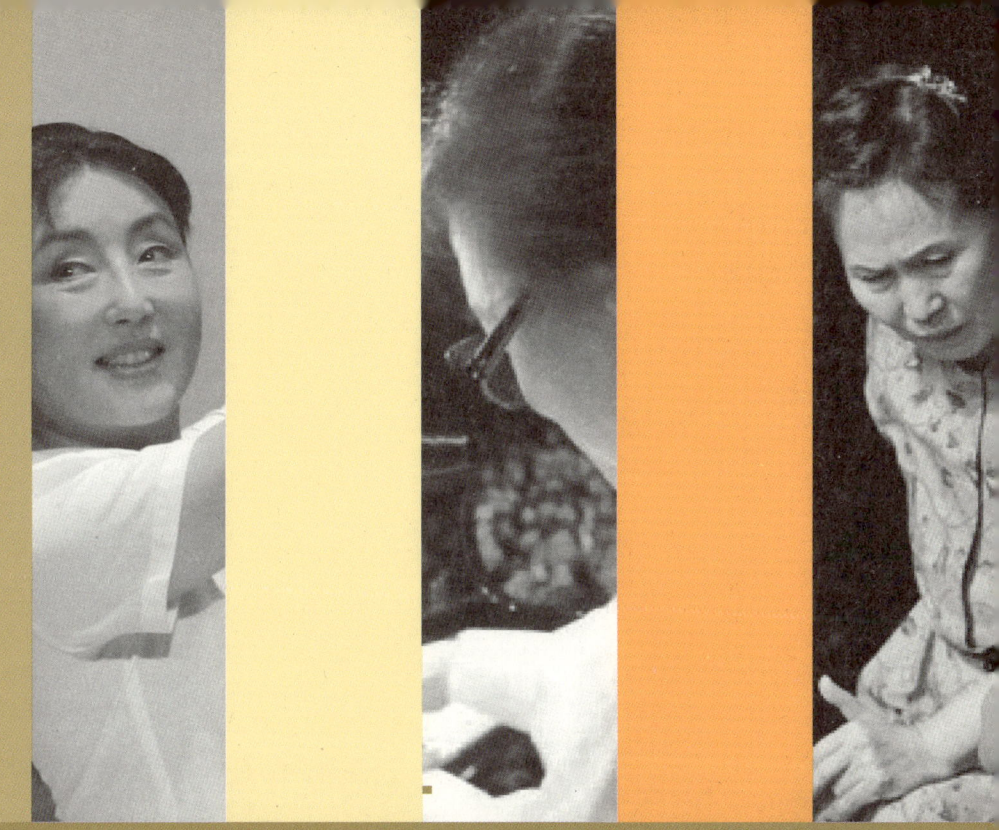

드라마에 곧잘 출연하는 한 연극배우를 만난 적이 있다. 드라마 한 회 출연료가 두 달 연극 해서 받는 돈보다 많을 텐데, 여전히 무대를 찾는 이유가 무엇이냐고 물었다. 그는 웃으며 말했다. 무대에 오르면서 부귀영화(富貴榮華)를 바라지는 않았다고. '꿈을 이룬다'는 것이 항상 명예와 안락한 삶을 허락하는 것은 아니다. 오히려 고달픔을 각오해야 할 때가 많다. 무언가를 이룬다는 것은 그에 걸맞은 대가를 치른다는 것. 3장에서 만난 이들은 무대를 향해 커다란 바위를 굴리며 가파른 길을 올라온 사람들이다. 누구보다 비옥하고 풍성한 곳에 머무를 수 있었지만 고행을 자처한 사람들. 그들이 보고 싶었던, 보고 있는 세상은 어떤 곳일까? 어쩌면 그들 역시 여기까지 온 것을 후회할지 모른다. 하지만 시간을 되돌린다고 해도 그들은 끝까지 바위를 굴렸을 것이다. 세상을 누구보다 멀리 보고 싶었으니까.

'그냥' 한다. 그런데 이 '그냥'이 무섭다

오달수
배우

2011년 11월, 은행나무가 많은 대학로에 노란 눈이 내려 유독 사진 찍는 사람들이 많던 토요일이었다. 참 부지런도 하지. 택시 유리창 밖으로 밝게 웃으며 사진 찍는 사람들을 바라보고 있자니 감탄이 절로 나온다. 대부분 토요일은 오후 3시와 7시 2회 공연이 많은데, 사회생활 연차가 더해질수록 3시 공연 보기는 힘들어졌다. '왜 7시 공연을 선택하지 않았을까' 하는 후회와 자책을 토해내며 간신히 일어나 겨우 택시를 잡아타고, 공연 시작 5분 전에 아슬아슬하게 입성. 숨 돌리며 오프닝을 보고 나면 멍한 정신에 커피 생각이 간절할 때가 많았다. 그날도 그랬다. 소극장 뮤지컬 시간이 임박해 횡단보도에서 신호가 바뀌길 기다리고 있는데, 바로 앞에 택시 한 대가 멈춰 섰다. 택시에서 내리는 까만 옷에 까만 단발머리, 왜소하지만 범상치 않은 저 실루엣. 잠에서 덜 깬 나는 3초 뒤에 그가 누구인지 알아보았다. 그러나 때마침 신호가 바뀌어 그는 뛰었고 나도 따라 달렸다. 이름을 불러 인사라도 나누고 싶었으나 공연 시간이 임박했다는 이유로 낯가림이 심한 그와 나의 성격을 나무라지 않기로 했다. 하지만 그의 뒤에서 뛰고 있자니, 수많은 사람들이 그를 알아보는 모습이 재밌었다. "어머 저 사람!" "저기 누구 아냐?" "우와 오달수다!" 말로만 듣던 '미친 존재감'을 확인하는 순간이었다.

스크린 속
오달수

　　　　　　　　　　　나에게는 공연 보는 게 일이라 상
대적으로 극장 가는 발걸음은 뜸하다. 영화도 좋아하고, 특히 무대와
스크린을 오가며 연기하는 배우들이 많기 때문에 영화를 봐야 하지
만, 척추와 경추에 오는 무리를 무시할 수 없어 과감히 영화 욕심은
버리기로 했다. 이런 나도 그가 나오는 영화를 꽤 봤으니, 그의 스크
린 점유율은 대단하다. 2011년만 해도 〈푸른 소금〉〈헤드〉〈조선명
탐정: 각시투구꽃의 비밀〉〈술에 대하여〉〈미운 오리새끼〉〈비상:
태양 가까이〉 등에 참여했으니, '오달수' 안 나오는 한국 영화 찾기가
더 힘들다는 말이 이해가 된다. "영화 매력 있죠. 2002년부터 했는데,
아직도 신기하고 재밌어요. 오래전에 내가 연기했는데, 몇 달 뒤에는
대형 스크린에 전혀 다른 배경을 달고 나오잖아요. 나의 연기와 다른
요소들이 더해져서, 정서나 풍경이 내가 연기했던 날과 다르게 느껴
지니까 신기해요."

2002년에 영화를 시작했으니 올해로 꼭 10년째다. 그사이 박찬욱 감
독의 〈올드보이〉〈친절한 금자씨〉〈싸이보그지만 괜찮아〉〈박쥐〉,
김지운 감독의 〈달콤한 인생〉〈좋은 놈, 나쁜 놈, 이상한 놈〉, 류승완
감독의 〈주먹이 운다〉, 봉준호 감독의 〈괴물〉 등 한국 영화계를 주름

잡는 감독들의 내로라하는 작품에 참여하며 확실한 연기선을 그었다. 그런데 너무 확실해서 그만큼 변화가 힘든 것은 아닌지 의문이다. "전체적으로 보면 '오달수' 하면 떠오르는 이미지가 있기는 합니다. 악한이라든가 웃긴다든지. 하지만 작품 하나하나를 뜯어놓고 보면 전혀 다른 역할이에요. 하나로 설명할 수는 없죠."

실제로 만난 그는 영화에서처럼 카리스마가 넘치거나 대단히 코믹하거나 특별히 유별나지 않았다. 오히려 무난했다. 이런 그가 카메라만 들이대면 그 짧은 순간에 '임팩트' 최고의 연기를 선보이는 것이 신기했다. "연기자니까 연기를 하는 거죠. 사실 누나들 틈에 자라서 내성적인 면이 없지 않아요. 농담도 잘하지 않고. 그런데 사람은 마음속에 모든 면을 가지고 있기 때문에, 캐릭터는 그 안에서 끌어내고 찾아내는 거예요. 특히 대본이 주는 힌트가 있어서 대본만 열심히 보고 잘 찾아내면 어렵지는 않습니다."

무대 위의
오달수

　　　　　　　　　　나는 공연을 취재하는 사람이니 오달수 씨 역시 무대에서 만났다. 그는 스크린에 앞서 20년 넘게 무

"연극은 그날그날 사라지지만, 동시에 제 삶입니다."

대를 밟아온 연극배우다. 〈남자충동〉〈임차인〉〈오구〉〈아트〉〈마리화나〉〈먼데이 5PM〉〈해님 지고 달님 안고〉 등이 대표작이다. 무대에서 그는 악한도, 웃기는 사람도 아니다. "20~30대를 고스란히 연극에 바쳤죠. 1989년에 데뷔했는데, 2년 정도는 무대에 서지도 못했어요. 서서히 무대와 가까워지는 것이고, 그렇게 친해지다 보면 헤어질 수가 없거든요. 연극은 그날그날 사라지지만, 동시에 제 삶입니다."

20~30대를 연극에 바쳤다는 것은 20~30대를 무일푼으로 살았다는 얘기와 같다. 연극은 여전히 배고픈 일이고, 얼굴이 알려진 지금도 그

에게 특별한 대우를 허락하지 않는다. 그런데도 지금껏 연극을 놓지 않는 이유는 '그냥'이다. 해녀가 한겨울 바다에 들어갈 수 있는 원리는 하루도 쉬지 않고 물에 들어가기 때문에 특별히 춥지 않은 것이라고. "어제도 연극을 했으니까 내일도 하는 거죠. 이유가 있는 게 아니라 그냥 하는 거예요. 하지만 이 '그냥'이라는 게 무서운 말입니다. 인생을 관통하는 굉장히 철학적인 말이에요. 그냥 하지 않으면 힘들 거든요. 자기를 던져버려야 해요. 자꾸만 다른 생각을 하면 다른 길이 보이고 유혹에 빠져요."

오달수 씨는 재수 시절 인쇄소 아르바이트를 하며 포스터나 팸플릿을 배달하러 연희단거리패 연습실에 갔다 이윤택 대표 눈에 띄었다. 이 대표는 배우가 한 명 모자란다며 그에게 〈오구〉 문상객 1번을 시켰다. 공연 내내 대사 없이 그냥 앉아만 있는 인물로, 그렇게 얼떨결에 데뷔한 것이다. 한 번 두 번 하다 배우가 됐고, 해녀가 날마다 물에 들어가듯 무대를 지켰으니, '그냥' 연기를 해왔다는 말이, '그냥'이 무섭다는 말이 이해가 됐다. '그냥' 하지 않으면 연극은 힘들어서 못한다는 말도. "힘드니까 그만두고 싶은 적이 얼마나 많았겠어요. 지금도 극단으로 누가 연극하고 싶다고 찾아오면 부모님 동의서 가져오라며 무조건 돌려보냅니다. 진짜 하고 싶은 사람 빼고 다 돌려보내요. 얼마나 힘든지 제가 알거든요. 제 딸도 연극은 안 시킬 겁니다(웃음)."

오달수,
연극과 영화 사이

　　　　　　　　　　　　연극과 영화. 사람들이 모여 사람 얘기를 하는 것은 같지만, 규모나 시스템이 현저히 다르다. "연극과 영화는 완전히 다르죠. 하지만 연기자에게는 같습니다. 두 장르의 메커니즘이 다를 뿐, 연기자는 무대에서든 카메라 앞에서든 연기만 하면 되니까요."

강렬한 연기로 수많은 영화의 명품 조연을 도맡는 오달수 씨는 무대에서는 진지한 배우이며 한 극단을 이끌고 있는 대표이기도 하다. 20여 년 전 의형제인 연출가 이해제 씨와 살던 방을 빼서 만든 극단 '신기루만화경'. 심심해서 만들었는데 어영부영 지금까지 왔다. 〈먼데이 5PM〉 〈설공찬전〉 〈어느 날 문득〉 〈해님 지고 달님 안고〉 〈팝콘〉 등을 무대에 올렸다. "가내수공업입니다. 배우가 스태프까지 겸해야 하니까, 그야말로 고단함의 연속이죠. 다들 무대 디자인이며 조명이며 장비들을 가지고 있습니다. 하루는 공연하고, 다음 날은 공연 돕고." 그럼 일주일 내내 일한다는 얘기. "일주일 내내 쉬는 것보다 낫습니다(웃음)."

그런데 극단 운영이 어디 쉽던가. 영화 해서 번 돈 연극에 쏟아 붓기

"너무 즐기면 질립니다. 항상 약간의 목마름을 남겨둬야죠."

딱 좋은 상황이다. "그런 멍청한 짓을 하면 안 됩니다(웃음). 만약 제 돈을 매번 제작할 때마다 쏟아 붓는다면…. 그렇게 할 자신은 있어요. 하지만 제가 죽고 나면 어떻게 할 겁니까? 극단도 자생력을 키워야 죠. 여기저기 찾아보면 방법은 많이 있어요. 실제로 단돈 30만 원으로 연극을 만든 적도 있고요."

스크린 입지가 커졌지만 그는 〈신기루만화경〉 작품을 비롯해 1년에 1~2편의 연극으로 무대를 찾는다. 영화로 많은 것을 얻은 만큼 가난 하던 시절 무대에 서는 것과는 많이 다를 법하다. "나아졌다는 건 경 제적인 면을 말하는 것인데, 물질적인 것은 보이는 것이기 때문에 중 요하지 않다고 생각해요. 그건 배우의 연기와는 전혀 상관없는 거니까요. 그건 제 밥벌이, 살아가는 방법이고, 배우로서의 근본은 전혀 달라진 게 없습니다. 세월이 흘러서 인생이 그만큼 두터워진 것은 고마운 일이죠. 좀 더 많은 걸 보고 느꼈을 테니까 연기도 달라졌을 거라 생각합니다."

만끽하지 마라,
너무 즐기면 질린다

오달수 씨와의 인터뷰는 쉽지만은 않았다. 그의 서민적인 마스크 때문에 마음은 편했지만, 연극배우 특유의 다소 철학적인 답변으로 애를 먹었고, 농담도 어찌나 진지하게 하는지 속으로 박장대소할 수밖에 없었다. 특히나 기사를 써야 하는 입장에서 추상적인 답변을 어떻게든 사실적인 문장으로 바꾸려 캐묻다 보니 인터뷰는 길어졌다. 카페에서 주스(나)와 와인(오달수 씨) 한 잔을 놓고 시작된 인터뷰는 급기야 맥주로 이어져 음주 대담으로 변했다. 마지막 그의 연기철학이 관건이었다. "만끽하지 마라! 너무 즐기면 질립니다. 항상 약간의 목마름을 남겨둬야죠. 역설적인 얘기지만, 완벽한 연기는 없거든요. 역할을 맡을 때마다 최선을 다해야 하지만, 만끽하지는 말라는 거죠. 여태 스스로의 연기에 만족하거나 좋았다고 생각한 적은 없기 때문에, 더 가야죠. 이제 20년밖에 안 했는데요(웃음)."

만끽하지 마라! 처음에는 알 것 같았는데, 얘기를 들을수록 무슨 말인지 모르겠다. 과유불급을 말하는 것인가? 최선을 다하면서 어떻게 약간의 목마름을 남겨놓을 수 있는가? 스스로 만족하지 않도록 조절하는 것이 가능한가? 결국 오달수 씨는 "해석하고 싶은 대로 해석하셔도 됩니다"로 매듭지었다.

나는 가끔 그의 말들을 떠올려본다. '어제 무대에 올랐으니 내일도 무대에 오른다.' '최선을 다하되 만끽하지 마라.' '너무 즐기면 질린다…' 누군가에게 명확하게 설명해줄 수는 없지만, 어떤 날은 그 뜻을 알 것도 같다. 우리가 누군가를 좋아할 때도 '그냥' 좋아할 때가 가장 무섭지 않던가. 그리고 '너무' 좋아하지 않아야 오래 간다. 오달수 씨는 그 묘한 간극을 알고 있는 것이 아닐까. 그래서 그 오랜 시간 관객들의 마음을, 무대와 스크린을 장악하고 있는 것인지도 모른다. 참으로 서민적인 마스크에 왜소한 몸으로 말이다. 다시 마주치면 그때는 같은 동네 주민으로 인사 좀 해야겠다. '성북천에서 막걸리 마시기로 했잖아요!'

마지막까지
무대에서
춤추고 싶다

이원국
발레리노

이 남자가 다시 화제다. 1990년대에는 '한국 발레리노의 교과서'로 불리며 무용계를 장악하더니, 10년이 훌쩍 지난 지금은 한 투자신탁 회사의 CF에서 베테랑 발레리노의 면모를 뿜어내며, 모 방송사 다큐멘터리 프로그램에서는 그가 만들어온 열정 가득한 삶이 알알이 소개돼 세간의 주목을 한 몸에 받았다. 인터뷰를 요청했을 때도 다른 매체와 한참 시간을 다퉈야만 했다. 이 남자 이원국. 10여 년간 국립발레단 수석 무용수로 활동하며, 1995년에는 러시아 상트페테르부르크 마린스키극장에서 동양인 최초로 키로프발레단의 〈백조의 호수〉 왕자 역을 맡았던 발레리노다. '국내 남자 발레는 이원국 이전과 이후로 나뉜다'는 말이 있을 정도로 국내 발레에 한 획을 그었던 그가 마흔을 훌쩍 넘긴 나이에 다시 주목받는 이유는 무엇일까?

발레 공연을
대학로 지하 소극장에서?

연극의 거리, 공연예술의 메카 대
학로. 실제로 서울 대학로에는 2011년 8월 현재 170여 개에 달하는
소극장이 있다. 하지만 낭만적인 수식어와 달리, 과연 이런 곳에 극장
이 있을까 싶은 위치와 공간에 놀랍게도 공연장이 자리한 경우가 많
다. 그나마 몇 년 전부터는 골목마다 깔끔한 안내판이 생겨 극장 찾기
가 한결 수월해졌지만, 마로니에를 넘어 창경궁로 쪽으로도 소극장
이 우후죽순 들어서면서, 대학로에서 약도 없이 소극장 찾기는 발레
리나 몸에서 군살 찾는 것만큼이나 힘든 일이 되어버렸다.

그렇게 한참을 찾다 극장이라고는 도저히 있을 것 같지 않은 곳에서
발견했다. 상가 건물의 지하에 자리한, 극장이라기보다는 그저 텅 빈
공간. 그곳에서 우리나라 최고의 발레리노 이원국 씨를 만났다. "무
대와 객석이 너무 가까워서 관객들이 두려워하죠. 제가 아무리 베테
랑이라고 해도 안간힘 쓰는 표정까지 잔인하게 다 보입니다(웃음). 하
지만 관객이 있는 곳이라면 어디든 무대라고 생각해요. 화려한 무대
도 좋지만 이런 무대가 더 인간적일 수 있고요. 여기에서는 무용수들
의 작은 실수도 여실히 보이거든요."

등받이도 없는 지하 소극장 객석. 바로 슈트 CF를 찍어도 될 차림으로 앉아 기다란 다리를 폈다 오므렸다 반복하는 그를 보고 있자니, 더더욱 이 공간에서 발레 공연이 이루어진다는 것이 실감나지 않는다.

"열악하죠, 아주 열악해요. 바닥에 고무판을 깔아야 미끄럽지도 않고 충격도 잘 흡수하고 턴 동작도 쉽게 할 수 있는데, 더 잘할 수 있지만 좀 더 못하는 것들이 있어요. 천장도 낮아서 리프트 동작을 할 때면 소심하죠. 다행히 아직 부딪힌 적은 없어요(웃음)."

나는 영원히
무용수이고 싶다

이른바 잘 나가던 이원국 씨는 국립발레단 생활을 접고 2004년 '이원국발레단'을 만들었다. 유럽의 살롱발레처럼 규모는 작지만 대중과 편하게 호흡할 수 있는 공연을 만들고 싶었다. 그러나 이원국 씨가 발레단을 만들어 소극장 공연을 한다고 새삼 사람들의 관심을 얻게 된 것은 아니다. 그가 다시 주목받는 것은 45살의 나이에도 여전히 춤을 추고 있기 때문이다. 국내외 유명 오페라극장 무대를 독점했던 발레리노가 대학로 지하 소극장을 찾은 이유는 단순하고도 명료하다. 바로 계속 춤을 추기 위해서였다.

"대부분의 무용수들은 마흔 살이 되면 발레단을 나가야 합니다. 그런

"오늘도 망설임 없이 춤을 춥니다. 춤을 못 추면 견딜 수가 없어요."

데 저는 계속 춤을 추고 싶었어요. 마지막까지 무대를 지키고 싶었어요."

운동선수나 무용수, 이른바 몸을 쓰는 사람들은 한때 아무리 '날렸어도' 30대 후반이면 이미 '노익장'이라는 말이 따라 붙는다. 이원국 씨는 1967년생. 그와 함께 춤을 췄던 동기들은 대부분 교편을 잡거나 안무가의 길을 걷고 있다. 그러나 그는 불혹을 넘긴 나이에 여전히 춤에 미혹돼 있다.

"교수나 안무가는 무용수가 아니에요. 춤을 못 추면 무용수로서는 끝나는 거잖아요. 계속 춤을 추겠다는 의지에는 변함이 없어요. 오늘도 망설임 없이 춤을 춥니다. 물론 겁은 나죠. 이제 다치면 회복하는 데 오랜 시간이 걸리고, 제가 이 발레단에서 빠지면 치명적이니까요. 그래서 늘 조심하지만, 춤을 못 추면 견딜 수가 없어요."

일반적인 나이테로 삶을 받아들였다면 '발레리노 이원국'은 존재하지도 않았을 것이다. 그는 학창시절 발레와는 전혀 상관없이 살았다. 어렸을 때는 축구선수로 활동했고, 교통사고를 당해 더 이상 운동을 할 수 없게 되면서는 방황으로 시간을 탕진했다. 그러다 어머니의 권유로 몸이 굳을 대로 굳은 19살의 늦은 나이에 시작한 것이 발레였다. "처음 발레 학원에 들어섰을 때 눈을 못 떼겠더라고요. 늦게 시작한 만큼 잠자고 먹는 시간 빼고는 연습만 했어요. 나중에는 잠자는 시간도 줄었고, 걸어다닐 때나 버스 안에서도 남들 모르게 연습했죠."

발레리노 이원국, 예술가에서 경영인으로

늦었다는 생각에 포기한 것이 아니라 1년을 2년처럼 썼다는 이원국. 그는 지금도 나이가 너무 많다는 생각에 멈추는 것이 아니라 의지와 노력으로 무용수로서의 자신을 지키고 있다. 하지만 울타리를 벗어난 세상물정 모르는 발레리노 경영인에게 현실은 냉혹했다. 잘 알려지지 않은 민간단체에 후원해줄 곳을 찾는 일도, 대중적이지 못한 발레 공연으로 수익을 올리는 것도 불가능에 가까웠기 때문이다.

없는 돈에 대중적이지 못한 발레 공연은 대관에 있어서도 틈새를 노려야 했다. 그래서 공연시장이 쉬는 월요일 저녁이 그들의 공연시간이 된 것이다. 물론 여기까지 오는 데도 쉽지 않았다. 춤만 추던 그는 춤을 계속 추기 위해 '경영'을 해야 했고, 내성적인 성격을 버리고 대중들 앞에서 '해설'도 해야 했다. "계속 적자가 나더라고요. 어떨 때는 아는 사람 한 명 끼어서 두 분이 관객 전부일 때도 있었어요. 출연하는 무용수는 열 명이 넘는데 말이죠(웃음). CF나 방송 출연도 저희 공연을 알리기 위해서 시작한 겁니다. 예전에는 남들 앞에서 얘기하는 게 힘들었는데, 하도 하다 보니까 많이 나아졌어요."

그렇게 〈이원국의 발레이야기〉는 벌써 4년째 매주 월요일 대학로를 지키고 있다. 초창기와 비교하면 지금은 상황이 많이 나아졌다. 고정 팬들도 있고, 단원 수도 20명 가까이 늘었다. 게다가 이원국발레단은 2009년부터 노원문화예술회관 상주 단체가 돼 어느 정도 안정된 지원을 받고 있다. 하지만 돈을 벌면서 예술성을 지켜야 한다는 딜레마는 여전하다. "발레는 순수예술이잖아요. 어느 나라의 어떤 단체나 발레는 국가의 지원을 받습니다. 그래야 순수예술이 기죽지 않고 세상에 떳떳하게 나아갈 수 있어요. 하지만 우리 발레단은 예술성을 가지면서도 돈을 벌어야 하는 입장이니까 상업적인 면을 배제할 수 없었어요. 그게 쉽지 않고 여전히 풀리지 않는 숙제죠. 우리 작품도 어느 정도는 변형이 됐습니다. 하지만 60퍼센트 이상은 정통 클래식을 고집하고 있어요. 나머지는 발레를 알리기 위한 대중적인 코드를 담

"때가 되면 저만의 발레 비법인
'이원국 메소드'를 만들고 싶어요."

있습니다."

발레와 함께
여전히 꿈을 꾼다

이원국 씨는 나이의 한계를 넘어 여
전히 무대에서 춤을 추고 있다. 매주
월요일 공연은 물론이고 비정기적인
전막공연에서도 완벽하게 무대를 지
킨다. 발레와 함께 그의 꿈도 다양해
지고 있다. 일단 그는 경영인으로서
단원들을 보다 든든하게 지원하고 싶다. 제대로 된 의상과 무대, 그리
고 안정된 급여가 단기 목표다. 또한 대중들에게 발레를 알리고 싶다.
발레는 가장 고급스럽지만, 가장 대중적인 춤이기 때문이다. 그래서
이원국발레단은 도도한 유명 대극장뿐만 아니라 군부대에서도 서울
역에서도 백화점 문화센터에서도 춤을 춘다. 그의 TV 출연과 인터뷰
가 한창 때보다 잦아진 이유도 이것과 일맥상통한다.

'한국 발레리노의 교과서'로 불렸던 이원국 씨는 클래식 발레의 문법
으로 통하는 '바가노바 메소드'를 넘어 새로운 발레 지침서도 만들고

싶다. "사람들이 저더러 '발레의 교과서'라고 하는데, 우스갯소리로 몇 페이지 안 된다고 합니다(웃음). 하지만 때가 되면 저만의 새로운 발레 비법인 '이원국 메소드'를 만들고 싶어요."

무엇보다 그는 '발레리노 이원국'으로서 더 나은 무용수가 되고 싶다. 그렇기 때문에 오늘도 변함없이 춤을 춘다. "나이가 더해지면서 몸은 점점 굳어가지만, 조금 더 수준 있는 발레리노가 되고 싶고, 예술가로서 무용가로서 부끄럽지 않은 삶을 살고 싶어요. 그러려면 계속 춤을 춰야 하고, 좀 더 잘할 때까지 계속 연습해야죠."

이원국 씨의 미친 열정은 대학로 지하 소극장 공연에서 명백하게 확인할 수 있었다. 그의 활발한 홍보 덕분인지 등받이도 없는 열악한 공연장의 100여 석 남짓한 객석은 가득 찼다. 덕분에 나는 바닥에 앉아 다가올 허리와 엉덩이의 고통을 깊게 우려하고 있었다. 공연은 시작됐고, 간극이 없는 무대는 동작을 만들어내는 무용수들의 처절한 몸부림과 구멍 난 타이즈, 떨어지는 구슬까지 여실히 드러냈다. 무용수들은 좁은 무대 덕분에 턴도 돌다 멈춰야 할 때가 많았고, 발레리노가 발레리나를 들어 올릴 때면 기술적으로 손끝을 구부렸다. 관객에게 몸을 낮춘 소극장 발레 공연이라는 기획은 신선했지만, 그래도 발레는 어느 정도 거리가 있어야 우아하게 감상할 수 있겠다 생각했다. 하지만 이원국 단장이 무대에 등장하면서 나는 얄팍한 엉덩이의 깊은 통증을 까마득히 잊었다. 그는 여전히 탄탄한 몸으로 무대에 올라 현란한 고난이도 기술을 유감없이 선사했다. 최고의 무대에서 화려한 조명을 받아왔던 그는 볼품없고 빈약한 무대에서 정말 신이 나서 춤을 췄다. 덕분에 소극장은 대극장 못지않은 우렁찬 박수로 채워졌고, 그 모습을 보고 있자니 왈칵 눈물이 날 것만 같았다. 그제야 열악함 속에서도 단원들의 표정이 밝은 이유를 알 것 같았다.

나이는 결코 숫자에 불과하지 않다. 왜 아닌가. 하지만 그 나이에 무게를 더하는 것은 우리들의 이른 포기가 아닐까? 원심분리기가 돌듯 수십 차례 턴을 돌며 세상에서 가장 멋진 땀방울을 흩뿌리던 이원국 단장. 아니, 발레리노 이원국. 나이를 잊은 행복한 춤꾼의 모습에서 '안 된다'는 말 대신 '의지와 희망'이라는 단어를 보았다.

피아노의 간절한
울림이 국경을
넘다

이사오 사사키
피아니스트, 작곡가

인터뷰를 위해 오랜만에 그의 연주를 찾아 듣고 있다. 가을이라서 그런지, 나이가 더해져서 그런지, 새삼 참 맑다는 생각이 든다. 기쁨도 슬픔도, 사랑도 이별도, 원망도 그리움도, 들끓음을 지나 한결 평온한 상태. 그의 내면에는 어떤 음표들이 떠돌고 있기에 이런 곡을 만들어 고스란히 그 느낌을 연주할 수 있을까? 그는 일본의 뉴에이지 피아니스트 이사오 사사키. 국내에서도 많은 사랑을 받으며 지난 2001년 이후 해마다 내한공연을 진행하고 있다. 그를 만나기 위해 경기도의 한 공연장을 찾아가는 길. 새삼 '인연'에 대해 생각해본다. '옷깃만 스쳐도 인연'이라는데, 일본에는 단 한 번밖에 가보지 않은 내가, 일본어도 전혀 못하는 내가 두 번씩이나 그와 단독 인터뷰를 하게 됐으니, 이것 또한 대단한 인연이리라. 물론 이보다 더 큰 인연은 사사키 씨와 한국의 만남이다. 음악이 연결해준 끈끈한 인연은 참으로 드라마틱해서 나는 간절한 마음과 아름다운 음악의 힘을 더욱 믿고 싶어졌다.

Missing You
– 이사오 사사키의 국내 첫 발매 앨범(1999)

1999년 초, 국내 음반 기획사 스톰프 뮤직 앞으로 우편물이 도착했다. 한 여인이 자신의 특별한 사연이 담긴 'Sky Walker'라는 피아노 음악의 발매를 부탁한 편지였다. 2년 전 업무 차 떠난 여행지에서 알게 된 한 남자. 그와 함께 들었던 잊지 못할 음악이 'Sky Walker'였다. 사흘간의 짧은 시간 그들은 사랑의 감정을 느꼈지만, 그가 갑자기 떠나는 바람에 다시는 만나지 못했다. 그렇게 2년이 흘러 외국으로 떠나려는 그녀는 마지막으로 그를 만나고 싶었다. 그녀는 'Sky Walker'가 국내에서는 발표되지 않았다는 것을 기억하고, 이 음악과 사연이 소개되면 그를 찾을 수 있지 않을까 기대한 것이다.

편지 속의 음악에 대해 전혀 알지 못했던 스톰프 뮤직은 'Sky Walker'를 찾기 시작하고, 7개월 만에 일본의 발매사를 찾아냈다. 바로 이사오 사사키의 앨범 〈Missing You〉. 그렇게 이사오 사사키의 〈Missing You〉는 같은 해 우리나라에 발매됐다. 사연 속의 그와 그녀가 다시 만났는지는 알 수 없다. 그러나 한 여인의 그리움을 통해 이사오 사사키는 한국을, 우리는 사사키의 음악을 만나게 된 것이다.

Eyes For You

– 일본 취객을 구하려다 숨진 고 이수현 씨를 추모하기 위한
'Eyes For You' 등 수록(2002)

"제 음악을 사랑하고 항상 이렇게 불러주시니까요." 리허설이 끝난 경기도의 한 공연장 로비에서 3년 만에 사시키 씨를 다시 만났다. 꾸준히 우리나라를 찾는 특별한 이유가 있느냐고 물었더니, 그는 통역을 거치지 않고 바로 답했다. "한때는 한국어 공부를 정말 열심히 했어요. NHK에 한국어 강좌가 있는데 녹화해서 봤죠. 오랫동안 안 했더니 이제는 잘 못해요(웃음)." 하긴 공연 때면 서툰 우리말로 직접 곡을 소개하기도 한다. 그가 우리나라와 인연을 맺은 지 벌써 10년이 넘은 것이다. 앞서 소개했던 사사키의 앨범 〈Missing You〉는 특유의 서정적이고 아름다운 멜로디로 국내 팬들을 사로잡았고, 이후 사사키 씨는 국내에서만 12장의 음반을 추가로 발매했다. 또 2001년 첫 내한공연을 시작으로 한 해도 빠짐없이 우리나라 관객들을 만나고 있다.

"한국 분들은 제 연주를 정말 차분하고 정직하게 들어주세요. 물론 일본 분들도 잘 들어주시지만(웃음), 유난히 한국 관객들이 더 뜨겁게 들어준다는 걸 느낍니다." 정직하게, 더 뜨겁게 듣는다는 것은 어떤 것일까. "글쎄요, 공연을 하다 보면 정말로 순수하게 듣고 있다는 느

"공연을 하다 보면 정말로 순수하게 듣고
있다는 느낌의 어떤 진동이 전해집니다!"

낌의 어떤 진동이 전해집니다. 믿지 못
하겠지만 저와 관객이 서로 교감하는 걸
느낄 수 있어요." 그렇다면 어떤 면에서
우리나라 팬들이 사사키 씨의 음악을 더
잘 이해하는 것이리라. "네, 한국 팬들이
더 잘 이해하는 것 같아요(웃음). 일본에
서는 좀 나이 있는 분들이 제 음악을 좋
아하는데, 한국에 오면 젊은 관객들의
순수한 마음이 느껴져서 좋습니다. 뭔지
는 잘 모르겠지만 한국 관객들이 더 진
지하게 듣는다는 느낌을 받곤 해요."

그래서일까. 유독 한국적인 감성을 잘
표현한다는 평을 듣는 사사키 씨는 일본
에서는 오히려 한국인이 아니냐는 오해도 받는다. "어머니는 '얼굴
이 한국인처럼 생겨서 한국에서 연주한다'고 말씀하세요(웃음). 한국
적인 감성을 지녔다는 말은 자주 듣는데, 지난 10년간 한국에 너무
자주 와서 자연스럽게 스며든 것 같아요. 글쎄요, 한국 드라마를 보면
남자들이 앞에서 화를 내지만 뒤에서는 상처를 많이 받잖아요. 그런
부분은 저와 비슷해요(웃음)."

Eternal Promise

– 이사오 사사키와 한국의 해금 연주자 김애라, 색소폰 연주자 손성제, 첼리스트 허윤정 등이 참여한 한일 아티스트들의 우정과 화합의 앨범(2007)

3살 때부터 바이올린과 플루트, 기타 등을 연주하며 클래식 교육을 받은 사사키 씨는 19살 때 재즈 피아니스트로 본격적인 음악 활동을 시작했다. 20대에는 미국 뉴욕으로 건너가 스즈키 밴드, 밥 모제스 등의 레코딩에도 참여했다. "젊었을 때는 록도 했는데, 어떻게 보면 내 음악에 대한 고집이 있어서인지 같이 음악을 하고 싶은 뮤지션들이 많지는 않아요. 고집이라고 하면 나쁘게 들릴 수 있으니까 개성이라고 하죠(웃음). 모든 음악은 개성이 있다고 생각하는데, 젊었을 때는 특히 다른 뮤지션들과 작업하다 보면 '이건 아닌 것 같다'는 생각을 많이 했거든요."

그런 사사키 씨가 유독 한국 아티스트들과는 음악적으로 활발한 교류를 펼치고 있다. 뉴에이지 피아니스트 이루마, 해금 연주자 김애라, 색소폰 연주자 손성제, 첼리스트 허윤정 등이 그의 음반에 참여했고, 2010년에는 그가 탤런트 구혜선의 음악 스승이 되어 그녀의 소품집 〈숨〉에도 편곡가와 피아노 연주로 참여했다. 뿐만 아니라 한국적인 감성 때문인지 사사키 씨의 음악은 유독 국내 영화와 CF 등에 많이 삽입됐다. 영화 〈봄날은 간다〉의 메인테마 'One Fine Spring

Day', 〈시월애〉의 주제가 'Must Say Goodbye' 등이 모두 그의 작품이다. "영화 〈봄날은 간다〉를 봤는데, 제가 표현하고자 했던 느낌과 잘 맞았어요. 잘 전달만 된다면 제 음악이 삽입된 영화를 보는 것도 무척 즐거운 것 같아요. 음악도 하나의 파장이잖아요. 저는 사람에게도 파장이 있다고 생각하는데, '착한 마음' 같은, 제가 음악적으로 표현하는 파장이 한국 분들과 잘 맞는 것 같아요."

그의 어떤 파장이 우리의 마음을 사로잡은 것일까. 2011년 가을 예술의 전당 콘서트홀에서 펼쳐진 내한 11주년 공연의 주제는 '휴(休)'였다. 위로와 치유가 있는 삶의 쉼표가 될 음악회. 사사키 씨의 음악이 주는 감동을 이보다 더 적확하게 표현할 수 있을까. 사사키 씨는 자신의 음악을 통해 우울하고 지친 마음의 치유를 받았다는 수많은 팬들을 기억하며 휴식 같은 공연을 마련했다. 그 역시 우리나라 팬들이 전달하는 순수한 열정을 통해 위안을 얻고자 했다. 유독 힘들었던 한 해였던 것이다. "2011년은 쓰나미 때문에 많이 힘들었어요. 평생 음악을 했지만 이번 같은 슬럼프는 없었던 것 같아요. 개인적으로 직접적인 피해는 없었지만, 두 달 동안 아무것도 할 수가 없었어요. 매일 TV에서 처참한 소식을 접하다 보니 그 고통이 고스란히 전해지면서 혈압도 올라가고 몸이 많이 안 좋아졌고요. 일본인들 모두 술도 더 많이 마시고 병원을 찾는 사람도 늘고, 다들 힘든 시기를 보내고 있죠. 여러분이 제 음악에서 위안을 얻듯 저 역시 평화와 위로를 받으러 한국

에 왔어요(웃음). 저는 관객들과 함께 피아노를 치는 것에서 평온과 안
정을 얻으니까요."

Prologue

– 초심으로 돌아가 새로운 음악의 정점에 도달하고자 만든 앨범(2008)

언젠가 기획사 담당자에게 사사
키 씨가 평소에도 연습을 굉장히 많이 한다는 얘기를 들은 적이 있다.
나이가 들면 아무래도 연주가 힘들어지는 만큼, 가능할 때 열심히 연
습해서 모든 느낌을 몸에 담아두기 위해서란다. 그 말이 생각나 공연

을 앞두고 오히려 스트레스를 받고 있지는 않을까 걱정이 됐다. "기존 곡들이지만 좀 더 다른 느낌으로 표현해보고 싶으니까요. 같은 곡을 100번 연주하면 그때마다 다른 느낌이기 때문에 어느 정도의 스트레스는 받아요. 하지만 좋은 연주를 위한 노력은 끝이 없는 거니까요. 그렇게 노력하면 오래전 곡들이라도 새로운 느낌으로 아름답게 전해드릴 수 있고요."

그는 음악을 통해 예쁘고 아름다운 것을 담아내고 싶다. "어떻게 설명해야 할지 모르겠는데, 피아노를 연주하면 바로 앞쪽에서 소리가 나잖아요. 어느 순간 정말 좋은 소리가 나올 때가 있어요. '어쩜 이렇게 예쁜 소리가 나올까' 감탄하죠. 음악도 크고 거친 것보다는 예쁘고 아름다운 소리를 좋아합니다."

클래식에서 재즈, 록까지 섭렵했던 사사키 씨는 음악이 기술적으로 많은 발전을 이뤘지만, 여전히 새로운 것을 찾기 위해 노력하고 있다. 그것이 자신의 음악 인생을 완성해가는 길이기도 하다. "제가 고등학교 때부터 지금까지 다양한 음악이 많은 발전을 이뤘어요. 컴퓨터가 생겨나서 피아노를 직접 치지 않아도 되고, 음악의 장르를 넘나드는 크로스오버도 많고요. 그런 기술적이고 형식적인 새로움도 중요하지만, 저는 여전히 새로운 것을 찾고 있습니다. 음악적으로 새로운 정점을 계속 찾아가고 싶고, 그렇게 사람들의 마음을 두드리고 싶어요."

마른 몸에 아이처럼 순진한 웃음을 짓는 그에게 무척 섬세해 보인다고 했더니, 이내 '소심하다'고 되받아치며 또다시 웃던 모습이 떠오른다. 그리고 '때로 어떤 부분에서는 막무가내로 밀어붙이는 경향이 있다'며 '그런 점은 한국 사람과 비슷하지 않느냐'고 되물었다. 자칫 오해의 소지가 있을 수 있지만, 나는 그의 말이 11년의 긴 인연을 통해 만들어진 우리나라에 대한 편안함과 친근함의 표시라고 생각한다.

사사키 씨를 만나 얘기를 나누다 보면 그의 음악이 맑고 예쁜 이유를 알 수 있다. 수년 동안 무대에 오르는 수많은 사람들을 만나왔지만, 사사키 씨처럼 인터뷰 때 웃는 사람은 본 적이 없다. 그는 마치 수줍은 초식동물처럼 자주 웃는다. 덕분에 통역을 거쳐야 하는 다소 불편하고 답답할 수도 있는 인터뷰는 내내 유쾌했다. 비록 나의 물음과 그의 대답이 제대로 오고 갔는지 다소 안타까운 마음이 들기도 했지만, 뭔지 모를 선하고 아름다운 기운은 충분히 느낄 수 있었다. 그것이 어쩌면 사사키 씨가 말한 '교감의 진동'인지도 모르겠다. 올해 나이 59세. 그는 여전히 하루에 5~6시간은 음악 작업에 시간을 할애한다. 새로운 소리를 찾기 위해서, 그리고 보다 좋은 연주를 위해서. 간절한 마음은 음악에도 고스란히 묻어나는 법. 그의 소망처럼 사사키의 손끝으로 그려지는 수많은 느낌들이 언제나 따뜻하고 고운 멜로디로 관객들에게 고스란히 전해지길 바란다. 그 위로와 치유의 물결에 사사키 씨 역시 지친 마음을 달랬으면 좋겠다.

자유가 좋아
무대를
지켰다

신관웅

재즈 피아니스트

2011년 1월, 예술의 전당 콘서트홀이 뜨겁다. 국내외 최고 아티스트들의 무대가 마련되는 곳이니 항상 열기가 대단한 곳이지만, 여느 때와 다른 관록과 여유, 자유와 멋스러움이 뒤엉켜 그냥저냥 살아가는 세포 하나하나를 무참히 일으켜 세우고 있다. 장소가 장소인지라 국내 인기가수나 해외 유명 록밴드의 공연은 아니다. 게다가 '오빠'라고 환호하기에는 그분들의 연세가 지긋해, 그래 '브라보'라는 말만 연거푸 내뱉으며 뜨겁게 박수를 쳤던 기억이 있다. 그날의 무대는 대한민국 재즈 1세대들의 〈브라보! 재즈 라이프〉 콘서트. 이동기(클라리넷), 김수열(테너 색소폰), 최선배(트럼펫), 류복성(라틴 퍼커션), 임헌수(드럼), 김준(보컬), 신관웅(피아노) 등 평균 나이 70대인 그들에게서는 응축된 멋이 뚝뚝 떨어졌다. 재즈와 함께한 반백 년. 소외된 음악, 가난한 음악, 언제라도 꺼질 듯 위태로운 이 음악에 도대체 어떤 매력이 있어 그들은 지금껏 무대를 지켜왔던 것일까?

국내 재즈 공연의 메카
'문글로우'

　　　　　　　　　대한민국 재즈 1세대 밴드는 지난 2002년 결성됐다. 2010년 말 개봉된 남무성 감독의 영화 〈브라보 재즈 라이프〉를 통해 다시 주목받고 있지만, 사실 그들은 매주 목요일 홍대 초입에 자리한 재즈클럽 '문글로우(Moonglow)' 무대를 지켜왔다. 나는 오랜만에 문글로우를 찾았다. 초저녁이라 그런지, 50여 석 규모의 클럽은 아직 빈자리가 많았다. 덕분에 오롯이 전해져오는 재즈 선율 속으로 피아노가 있는 무대, 사방에 붙은 재즈 뮤지션들의 사진과 공연 포스터가 보인다. 그리고 탁자 너머에는 문글로우를 직접 꾸려가고 있는 재즈 1세대 피아니스트 신관웅 씨가 앉아 있다. "여기에서는 매일 공연을 해요. 직접 운영을 하니까 피아노 치는 일이 저한테는 일종의 근무잖아요(웃음)."

3년 전에도 문글로우에서 신관웅 씨를 인터뷰했던 나는 다시 이곳에서 그를 만날 수 있다는 사실에 감회가 남달랐다. 〈브라보! 재즈 라이프〉라는 공연 제목과 달리, 국내 재즈클럽의 메카인 문글로우는 2011년 초 경영난을 이유로 문을 닫겠다고 선언했던 것이다. "시작할 때부터 적자가 아파트 한 채 값이었으니까. 그래도 재즈의 메카로, 선후배들이 마음껏 연주할 수 있도록 살아남아야 한다는 사명이 있었는데 더 이상은 버틸 수 없었던 것이죠. 그런데 문을 닫겠다는 기사가 나가니까 '네가 마음대로 열었어도 마음대로 닫지는 못한다'며 많이들 도와주시더라고요(웃음). 후원회도 생겼고, 매스컴에 나오니까 궁금해서 찾아오는 분들도 많고, 예전보다는 훨씬 나아졌어요. 하지만 근본적으로 재즈 마니아가 적기 때문에 관객은 한정적일 수밖에 없죠."

현재 서울에는 대학로에 자리한 '천년동안'도, 재즈 보컬리스트 박성연 씨가 운영하는 서초동 '야누스', 이태원의 '올댓재즈', 그리고 홍대에 있는 '클럽에반스'와 '문글로우' 등 30여 개의 재즈클럽이 있다. 일본 도쿄에 700여 개의 재즈클럽이 있는 것을 감안하면, 국내 재즈 시장이 얼마나 협소한지 짐작할 수 있다. "어려운 것은 숙명이죠. 재즈 연주자도 어렵고, 운영도 어렵고. 그런데 나이가 들면서 '나만의 공간'이 절실해졌어요. 재즈의 메카, 재즈음악을 들려주고 인도하고 보급하는 공간으로 만들고 싶었죠. 사실 젊었을 때 연주할 공간이 없어서 서러움을 많이 받았거든요. 나이트클럽이나 카바레에서도 연주를 했는데, 무료로 연주를 해도 쫓겨날 때가 많았어요. 그래서 이런 공간을 통해 후배들에게는 길을 열어주고 싶었고, 나 역시 '여기에서 만은 스트레스 없이 연주하자'라는 생각이 들었죠. 이렇게 명맥을 이어가게 됐으니, 후배들의 터전이 될 수 있도록 더 노력해야죠."

재즈,
자유를 연주하다

"재즈를 잘 몰라요!" "그러니까 한 번 들어보라고!" 그렇게 선배한테 이끌려 논현동과 대학로에 자리한 재즈클럽을 순회하던 기억이 난다. 술과 담배가 놓인 무언가 자욱한 느낌의 테이블 너머 펼쳐지던 공연의 생경함은 10년이 지난 지금도 또렷하다. 그 무대에서 나는 박성연 씨를 처음 보았고, 류복성 씨에게 반했고, 한상원과 말로의 팬이 되었고, 신관웅 씨의 멋스러움을 알게 되었다. 음악에 흠뻑 취한 그들의 무대는 인상적이었고, 그 뒤로 한참은 자청하여 재즈클럽을 찾았다. 지금도 재즈는 잘 모르지만, 누군가 재즈클럽에 가자고 하면 마다하지 않는다. "흑인 노예들이 얼마나 자유를 갈망했겠어요. 그 자유의지가 재즈에 고스란히 녹아 있는 것이죠. 재즈만큼 구속 없이 연주자의 사상과 감정을 자유롭게 드러낼 수 있는 음악은 없어요. 그 자유로움 때문에 다들 빠져들었고, 헤어나올 수 없었던 것이죠."

그렇다, 1800년대 말 미국에 팔려온 아프리카 흑인 노예들은 짙은 향수를 달래기 위해 자신들의 민속음악을 연주했고, 여기에 자연스레 백인들의 문화가 섞이면서 만들어진 음악이 재즈다. 아픔과 슬픔, 위로와 기쁨이 녹아들었기에, 무엇보다 자유를 갈망하고 있기에 재즈

"재즈만큼 구속 없이 연주자의 사상과 감정을 자유롭게 드러낼 수 있는 음악은 없어요."

의 울림은 지독하게 매력적인지 모른다. 재즈의 시작이 불행했던 것처럼, 신관웅 씨에게도 재즈는 불행하게 다가왔다. 그러나 재즈는 그의 유일한 돌파구였다. "원래는 클래식 피아니스트가 되고 싶어서 6살 때부터 연주를 했는데, 집이 너무 가난했어요. 집에 피아노도 없어서 풍금으로 연습했죠. 그런데 어머니가 돌아가시고 아버지도 몸져 누우셔서 결국은 꿈을 포기해야 했어요. 그런데 미8군에서 아르바이트를 하다 흑인 피아니스트의 음악을 들었는데, 나에게는 드보르작의 〈신세계 교향곡〉처럼 새로운 세계였죠. 클래식에서 느끼지 못한 하모니와 멜로디, 음악의 3요소가 전부 변질되고 변형돼서 나오는데,

그것이 오히려 절망의 늪에 빠진 나를 끌어올렸어요."

재즈가 절망의 늪에 빠진 그의 영혼을 구했는지 몰라도 그의 생활을
구원하지는 못했다. 재즈 마니아가 적은 국내에서 재즈 뮤지션으로
산다는 것은 그의 말처럼 '가난과 어려움을 숙명으로 짊어진 삶'이었
다. 하지만 재즈의 매력은 쉽게 그를 놔주지 않았다. 눈앞에 놓인 어
려움을 빤히 들여다보며 걸어야 했던 삶. 그러나 후회는 없다. "얼마
전에 영화 〈브라보 재즈 라이프〉가 개봉했는데, 1세대들이 살아온 삶
을 들어보면 다들 책 한 권은 거뜬히 나올 거예요(웃음). 하지만 어렵
다는 걸 알면서도 여전히 많은 후배들이 재즈에 들어서는 걸 보면 예
술의 힘, 재즈의 힘이 정말 위대한 것 같아요. 죽음을 각오하고 에베
레스트에 오르죠, 산이 있기 때문에. 재즈도 마찬가지인 것 같아요."

신관웅의
어깨는 무겁다

재즈가 세계적인 주류 음악인데
도 국내 재즈시장은 여전히 협소하다. 클래식이나 국악과 달리 국가
적인 지원도 없다. 그러나 어려움이 숙명인 재즈를 하겠다는 뮤지션
들은 끊임없이 늘고 있다. 그래서 재즈 1세대 신관웅 씨의 어깨는 무

"어렵다는 걸 알면서도 여전히 많은 후배들이 재즈에 들어서는 걸 보면
예술의 힘, 재즈의 힘이 정말 위대한 것 같아요."

겁다. 2009년 한국재즈협회를 만들어 활동하고 있는 그는 '재즈 대중화'에 팔을 걷어붙였다. "클래식의 역사는 400년이 넘지만 재즈는 기껏해야 100년 정도밖에 안 돼요. 짧은 시간에 만들어진 음악이고, 많이 듣지 않았기 때문에 어렵게 생각하는 거죠. 가수들이 처음 음반을 만들면 제일 먼저 찾아가는 곳이 방송사죠? 억지로라도 많이 듣다 보면 익숙해지고, 그러면 좋아하게 돼 있어요."

그래서 공연장은 물론 클럽을 통한 활발한 연주는 필수다. 그가 지금껏 대중가요 작곡이나 학교 강단의 유혹을 뿌리치고 무대를 지키는 것도 같은 맥락이다. 그는 우선 재즈 1세대 공연을 지속적으로 키워나갈 계획이다. 머리 허연 노인들이 무대에서 악기를 연주하는 것만으로도 재지(Jazzy)하지 않은가. "1세대 밴드의 평균 연령이 70대예요. 이미 두 분이 돌아가셨죠. 그래서 음악적으로 욕심을 부릴 수는 없어요. 연로하셔서 악보 보기도 힘드니까. 하지만 은발의 노인들이 무대 위에서 풍기는 분위기 자체가 재지하잖아(웃음). 2011년에만 미국과 호주 공연을 다녀왔어요, 지방 공연도 가고. 1세대 밴드는 자체만으로 상징적이고 빛이 나니까요."

음악적인 시도는 빅밴드를 통해 표현한다. 1995년에 결성한 '신관웅 재즈 빅밴드'는 무려 16명으로 구성돼 있다. "내가 추구하는 것은 16명이 함께 연주하는 빅밴드예요. 클래식으로 얘기하면 '4~5명은 실내악, 16명은 오케스트라'라고 할 수 있겠죠. 보통의 재즈 뮤지션들은 실내악 위주로 활동하고 있는데, 오케스트라와 같은 웅장한 사운드를 청중들에게 들려주기 위해서 10년 넘게 빅밴드를 이끌고 있어요. 대규모를 운영하기 위해서는 위험과 고통, 희생이 따르지만, 콰르텟이나 퀸텟이 전하지 못하는 느낌을 발산할 수 있거든요."

그는 또한 클래식 전문 케이블방송 '아르떼'와 함께 재즈 프로그램을 만들었다. "방송에 전문 재즈 프로그램이 생겼다는 건 우리나라에서는 획기적인 일이죠. 재즈협회 주관으로 매주 한 차례 공개방송 형태로 무대를 마련할 겁니다. 국내에서 활동하는 많은 재즈 뮤지션들이 무대를 채우고 재즈의 멋을 대중들에게 흩뿌릴 거예요."

신관웅의
'브라보 재즈 라이프'

인터뷰 말미에 무심히 바라본 신관웅 씨의 손은 참 고왔다. "손이 못생겼어요. 1센티미터만 길었어도 세계를 제패했을 텐데(웃음)." 그 역시 피아니스트인 것이다. 올해 나이 65세인 그는 후배들에게 귀감이 될 수 있는 멋진 재즈 뮤지션으로 삶을 마감하는 것이 꿈이다. 40여 년을 재즈와 함께 살아왔고 매일 재즈를 연주하고 있지만, 그는 여전히 '신관웅만의 스타일'을 찾기 위해 노력하고 있다. "매너리즘이라는 게 좋게 말하면 '자기만의 스타일'을 찾는 과정이거든요. 나만의 스타일을 좋게 승화하기 위해서 노력하는 거죠. 모든 예술은 만족이라는 것이 없어요. 죽을 때까지 정진하고, 조금 더 세련되고 진지하고 멋진 연주를 하기 위해서 노력하는 것이죠. '재즈는 명곡은 없다, 명연주만 있을 뿐이다'라는 말이 있어요. 가장 중요한 것은 나만의 사운드를 찾는 것, 그렇게 무대에서 쓰러지는 것이죠."

그는 무엇보다 재즈의 기본 '자유'를 강조했다. "음악은 끝없이 진화해요. 재즈 역시 굉장히 많이 진화해서 수많은 가지가 생겨났는데, 가장 중요한 재즈의 공통이념은 하나예요. 바로 즉흥연주. 그리고 개인의, 연주자의 음악이라는 점입니다. 재즈가 진화하고 퓨전이나 크로스오버 등으로 거듭나도 근본이념이 변해서는 안 되죠. 아무리 진화해도 그런 기본은 깔려 있어야 해요. 재즈와 친해지려면 재즈를 이해하려 하지 말고 그냥 들으세요. 연주자는 기쁜 마음으로 연주했더라도 청중의 귀에 슬프게 들렸다면, 그것 역시 재즈만이 지닌 자유니까요(웃음)."

클럽을 나서며 'Moonglow'를 찾아 들어본다. 그는 오늘 밤에도 무대 위, 피아노 앞에 앉아 연주할 것이다. 달이 차오르듯, 아직은 무언가 더 찾을 것이 있다는 듯 간절하게. '멋'은 단시간에 만들어지는 것이 아니다. 가장 배고픈 연극배우들이 당당히 삶을 무대에 비유할 수 있듯이, 가장 가난한 재즈 뮤지션들이 영혼의 자유를 연주할 수 있는 것이 아닐까. 40여 년이 빚어낸 그의 재즈 연주는 60대라는 나이에 맞게 진지하고 깊이 있으면서도, 한편으로는 나이가 무색하게 열정적이고 변화무쌍하다. 그래서 참 멋있다. 나는 여전히 재즈를 잘 모르지만 그들의 연주를 들으면 목청껏 외치고 싶다. 브라보, 유어 재즈 라이프!

다시 태어나도
이 길을
걷고 싶다

김성녀
배우

자기 자신이나 자기와 관련되어 있는 것에 스스로 그 가치나 능력을 믿고 당당히 여기는 마음. 그녀를 만나고 돌아올 때면 국어사전에서 새삼 '자부심'의 뜻을 찾아보게 된다. 배우로서 타고난 끼와 그 능력을 안고 누구보다 열심히 달려온 데 따른 당당함, 그렇게 무대에서 빛나는 가치. 배우 김성녀 씨에게서는 특별한 자부심이 뿜어져 나왔던 것이다. 나는 그녀와 두 차례 단독으로 만났다. 처음은 마당놀이 판에서, 그리고 두 번째는 〈벽 속의 요정〉 공연장에서. 바로 이 두 작품은 김성녀의 배우 인생을 응축한 무대로, 그 자부심의 완결판이라 할 수 있다. 내가 만난 '배우 김성녀'는 겸손하지 않았다. 그녀는 자부심 넘치는 배우였다. 무엇이 그녀에게 그토록 엄청난 자부심을 심어준 것일까?

팔색조 배우
김성녀

배우로서 김성녀 씨만큼 다채로운 스펙트럼을 지닌 인물이 있을까? 타고난 끼에 욕심까지 지닌 그녀는 연극에 뮤지컬, 악극에 마당놀이까지, 무대가 있는 곳이라면 배우로서 보여줄 수 있는 모든 것을 쏟아낸다. 춘향이에서 에비타로 동서고금을 넘나들었고, 아이에서 늙은이로, 여자에서 남자로 남녀노소까지 망라했다. 특히 연기생활 30여 년의 지점에서 '김성녀' 하면 바로 떠오르는 것은 〈마당놀이〉와 〈벽 속의 요정〉. 우선 그녀는 윤문식, 김종엽 씨와 함께 마당놀이 대표 3인방으로 지난 30년간 한 해도 빠짐없이 전국의 마당을 주름잡으며 걸죽한 해학과 풍자의 놀이판을 선사했다. "된장찌개를 같이 나눠 먹는 느낌이랄까요? 마당놀이는 관객과 함께 즐기는 것이라서 극장에서 하지 않고 사람들과 어우러질 수 있는 공간에서 해요. 사실 배우 입장에서는 마당놀이가 굉장히 어려워요. 재미도 주면서 메시지까지 전달해야 하니까요. 게다가 관객층도 다양하니까 쉽고도 재밌게 만들어야 한다는 부담이 있어요. 꼭 한 해 농사를 짓는 기분이죠. 하지만 옛날에 대한 그리움의 정서와 순전히 우리 것이라는 주체성이 있고, 무엇보다 가장 한국적인 춤과 노래가 곁들여져서 지금껏 마당놀이를 지켰던 것 같아요."

그런가 하면 올해로 7년째 무대를 이어가고 있는 〈벽 속의 요정〉은 김성녀의 1인 32역이 돋보이는 모노드라마. 2시간 20분을 홀로 끌어가야 하는 작품이기에 부담감이 크지만, 배우 김성녀의 눈부신 연기력을 확인할 수 있는 작품이라 마니아 관객들에게는 인기가 대단하다. '나이가 들수록 '내가 이 작품을 얼마나 더 할 수 있을까' 생각해요. '10년은 채우겠지.' 그럼 3년 남았는데, 또 주위에서는 3년 뒤면 예순다섯이니까 일흔까지는 하라고 하세요. 제가 욕음 하라고 막 웃는데, 올해 백성희, 장민호 선생님이 〈3월의 눈〉이라는 공연을 하셨어요. 아흔이 다 된 노배우들의 명연기를 보면서 반성을 많이 했죠. '아, 나이를 두고 연기를 마감할 일은 아니구나.' 제가 85세에 〈벽 속의 요정〉을 할 수 있다면 배우로서 얼마나 행복하겠어요. 역으로 관객들도 행복하실 테고요."

연기생활 30년의 자부심
〈벽 속의 요정〉

〈벽 속의 요정〉은 스페인 내전 당시 실화를 토대로 한 원작을 극작가 배삼식 씨가 우리 상황에 맞게 재구성해 지난 2005년 국내에 초연됐다. 좌우익의 이념 대립 속에 억울하게 반정부인사로 몰린 아버지. 아버지 없이 행상을 하는 어머니와

"무대 위에는 저만 서지만 절대 저 혼자 만들어가는 것은 아니에요."

살던 아이는 벽 속에 요정이 있다고 믿은 채 소녀로, 숙녀로 자라면서 벽 속의 요정과 둘도 없는 친구가 된다. 그리고 서서히 그 요정이 돌아가신 줄만 알았던 아버지라는 것을 알게 된다. 〈벽 속의 요정〉은 초연 당시 올해의 예술상을 비롯해 평론가 선정 우수연극 베스트3, 동아연극상 연기상 등을 휩쓸었다. 무대 위에는 극중 모든 역할을 소화해낸 배우 김성녀가 있었고, 무대 뒤에는 그의 남편 연출가 손진책을 비롯해 관록 있는 스태프들이 버티고 있었다. "〈벽 속의 요정〉은 손진책 씨가 결혼 30주년을 기념해서 선물로 준 작품이에요. 연출보다는 배우가 돋보이는 무대를 만들겠다고, 특별한 세트 하나 없이 배우 혼자 모든 것을 이끌어가도록 만들었어요. 무척 위험한 시도이긴 한데, 배우로서 저를 좀 인정하고 믿었나 보죠(웃음)? 그래서 '김성녀의 〈벽 속의 요정〉'으로 자리매김했는데, 무대 위에는 저만 서지만 절대 저 혼자 만들어가는 것은 아니에요. 대본도 탄탄하고, 간결하지만 연출도 굉장히 치밀하고, 조명, 음향 등 모든 사람들이 관록으로 똘똘 뭉쳐서 완성도 높은 무대를 선보이고 있는 것이죠."

모노드라마. 홀로 2시간 넘게 무대에 서는 것은 어떤 것일까? 모든 조명과 음향이 나에게 맞춰져 있고, 수많은 관객들이 나만 뚫어져라 바라보고 있다. 보조 장치도, 에너지를 나눌 상대 배역도 없다. 게다가 32개의 인물로 삽시간에 바뀌어야 한다. '순간'을 놓치면 와르르 무너져 내린다. "걱정이 태산 같죠. 사실 〈벽 속의 요정〉은 저에게 형벌 같아요, 너무 힘드니까. 그런데 끝나고 나면 관객들의 박수갈채와 환호 속에 배우로서 영광의 자리에 앉게 되죠. 마치 금메달리스트처럼 극과 극의 감정을 맛봐야 하는 작품이에요."

그녀는 특히 〈벽 속의 요정〉을 공연할 때면 녹용에 산삼까지 먹으며 온갖 사투를 벌인다. 하지만 '김성녀만이 할 수 있다'는 자부심에 올해도 그 형벌 같은 무대에 또다시 오른다. "누구나 할 수 있다면 10년을 하겠다는 말도, 형벌이라는 말도 하지 않겠죠. 대체로 나이가 들면 배우의 힘이 아니라 관록이나 느낌으로 무대를 이끌어가는 작품이 많아요. 하지만 연극은 에너지거든요. 또 〈벽 속의 요정〉을 보고 '연기의 스탠더드를 공부할 수 있는 교재'라고 말한 분도 계세요. 2시간 동안 화술에서 연기, 춤을 아우르면서 '배우의 연기력은 이런 것이다'를 보여드리고 싶어요. 어려운 만큼 나만이 할 수 있다는 것에 자부심이 있죠."

김성녀가 집안일을 하는 것은 국가적인 손실이다

유독 에너지를 쏟아 붓는 무대에 오르는 김성녀 씨는 작품에만 몰입할 수 있는 처지도 아니다. 중앙대 음악극과 교수로 재직하며 학생들을 지도하고 있고, 전무에 가까운 한국적인 음악극 관련 교재도 잇따라 펴내고 있다. "다들 저더러 욕심이 많다고 하는데, 사실 모든 활동이 한 줄기예요. 학교는 한국적인 음악극을 할 수 있는 재원을 양성하는 곳으로, 제가 해왔던 연기를 이론과 함께 보완하면서 정말 확신이 서는 연기가 어떤 것인지, 우리 배우들이 해야 할 것이 무엇인지를 함께 연구하는 곳이죠. 그런 면에서는 저를 채워주는, 영양소를 제공하는 곳이 바로 무대와 학교라고 생각해요."

김성녀 씨가 이렇게 매진할 수 있었던 원동력은 그녀를 '좋은 아내와 엄마'보다는 '좋은 배우'로 인정해준 가족에게 있다. "어떤 면에서는 빵점 짜리 아내이고 엄마지만, 배우로서 A학점만 받으면 용서되는 가정이니까 다행이죠." 실제로 그녀의 남편 손진책 씨는 경상도 영주의 가부장적이기로 소문난 집안의 8남매 중 맏이지만, 김성녀 씨가 집안일을 하는 것은 국가적인 손실이라고 말할 만큼 '배우 김성녀'를 아끼고 지지하는 연출가다. "10년 정도 시집살이 호되게 했죠(웃음). 그런 와중에서도 공연은 쉬지 않았어요. 손진책 씨가 그 병풍 역할을 굉장히 잘했고요. 그런 면에서는 배우로서 저를 가장 아끼는 연출가가 아닌가 싶어요. 좋은 부인보다는 좋은 배우가 되기를 원했거든요."

"어려운 만큼 나만이 할 수 있다는 것에
자부심이 있죠."

이런 남편이 어디 있단 말인가. 이쯤이면 진하디진한 부러움이 밀물처럼 밀려올 수밖에 없다. 하지만 그녀에게 거는 기대가 높은 만큼 남편의 질책은 누구보다 날카롭다. "조금 잘못하면 '삼류 배우도 그렇게는 안 하겠다'고 면박을 줘요. 그런데 칭찬에는 약한 사람이라 잘할 때는 당연한 것처럼 있죠. 젊었을 때는 그게 섭섭하고 싫었는데, 이제는 가만히 있으면 칭찬인가 보다 생각해요(웃음)." 배우와 연출가로 걸어온 30여 년의 시간. 그들은 언제나 함께 기뻐하고 함께 슬퍼하는, 누구보다 든든한 동지다. "어려울 때 도와주지 못하는 게 단점이죠. 서로 다른 일을 하면 힘들 때 채워주는 게 있을 텐데 저희는 그럴 수 없잖아요. 하지만 같은 길을 걸으니까 이해도가 높아서, 제가 일만 하는데도 전혀 나무라지 않습니다. 사람들이 다 부러워해요(웃음)."

김성녀,
배우는 거울이다

어느덧 올해 나이 예순둘. 여전히 다섯 살 아이로, 꽃다운 처녀로 돌아갈 수 있는 무대가 있어 그녀는 행복하다. "화면에는 주름까지 다 나오니까 TV 드라마나 영화를 했다면 내 나이에 맞는 역할만 했을 거예요. 하지만 연극은 약속이라서 환갑이 넘은 나이에도 어떤 배역이든 변신할 수 있죠. 그게 연극의 특권이고, 그래서 무대는 배우에게 고마운 곳이죠. 하지만 나이가 들고 있다는 건 제가 먼저 느껴요. 〈벽 속의 요정〉할 때 어떤 역할이 좋은

지 물어보는 분들
이 많은데, 예전에
는 노인 역할이 어
색했어요. 그런데
어느 순간부터 할
머니 역할이 그렇
게 편할 수가 없는
거예요(웃음). 그만
큼 나이가 들었다
는 얘기죠."

그녀는 다시 태어
나도 배우의 길을
걷겠다고 한다. 무
대 위에서 가장 예
뻐 보이고, 지닌 역

"배우는 모든 사람들의 거울이라고 생각해요."

량 역시 무대에서 가장 어울린다고. 이제 그녀는 배우로서 쌓은 많은
것들을 정리하고 완성해가고 싶다. "배우는 제 천직인 것 같아요. 그
동안 남이 알아주든 알아주지 않든 배우로서 다양한 변신을 했어요.
그리고 그걸 토대로 〈벽 속의 요정〉에서 1인 32역의 모자이크까지
완성했고요. 그래서 이제 어떤 역할을 하기보다는 무엇을 하더라도

더 깊고 넓게, 그 역할을 잘 표현하는 게 저의 임무라고 생각해요."

30여 년 연기생활. 그녀는 배우를 '거울'이라고 말했다. "흔히 인생을 연극이라고 하잖아요. 거기에 나오는 배역들은 인물군상을 그대로 표현하죠. 배우는 모든 사람들의 거울이라고 생각해요. 어디가 추한가, 어디가 예쁜가 바로 보여줄 수 있잖아요. 배우를 통해 사람과 삶을 투영하는 것이죠. 그래서 삶의 거울이 연기이고, 배우 자체가 삶의 거울이지 않을까 생각해요."

그렇다면 배우 김성녀를 거울에 비췄을 때 그 모습은 어떨까? "열심히 살아왔기 때문에 '너 참 열심히 했다'라고 생각해요. 대신 그동안은 강렬하고 냉철하고, 또 강하고 날카롭게 삶을 헤쳐 왔다면, 지금부터는 사랑하고 베풀면서 나이를 잘 들어가고 싶어요. 이제부터는 나를 잘 닦아서 연극계의 좋은 선배로, 덕 있는 대배우로 자리매김했으면 좋겠어요."

인터뷰를 끝내고 문득 마당놀이를 했던 장충체육관 한쪽에 놓여 있던 간이침대가 생각났다. 김성녀 씨는 공연을 할 때면 어디든 간이침대를 가져간다고 했다. 에너지가 넘치는 것이 아니라, 에너지를 그러모아 무대 위에서 뿜어내는 것이다. 그녀는 두 달간의 형벌 같은 〈벽 속의 요정〉이 끝나면 학교로 돌아가 학생들에게 매달릴 것이고, 또다시 무대로 뛰어와 배우의 걸출한 자부심을 뿜어낼 것이다. 자부심은 다른 사람이 심어주는 것이 아니라 스스로 만들어가는 것. 그렇기에 나이 예순둘에도 전력 질주하고 있는 배우 김성녀의 거울에는 당당한 그녀가 자리하고 있는 것이다. 물론 85세에도 〈벽 속의 요정〉으로 무대에 서는 그녀를 믿어 의심치 않는다. 나도 줄기차게 쫓아가 볼 생각이다.

그래,
여기까지
잘 왔어

박정자

연극배우

몇 해에 걸쳐 인터뷰를 하건만 그녀는 만날 때마다 강행군이다. 2011년도 어김없다. 1월에 연극 〈오이디푸스〉를 시작으로, 5월 〈나는 너다〉, 8월 〈어머니의 노래〉, 10월 〈모래의 정거장〉, 11월 〈오이디푸스〉 앙코르까지. 내가 인터뷰를 요청했던 10월은 그야말로 절정이었다. 〈어머니의 노래〉 인천 공연과 〈모래의 정거장〉 앙코르 공연, 〈오이디푸스〉 연습까지 몰려 있었다. 한 번에 세 가지, 아니 본연의 자신까지 네 가지 인물로 분해야 하는 것이다. 이 살인적인 스케줄은 연극계 대모 박정자 씨의 일정이다. 올해 나이 칠순인 그녀는 여전히 무대를 갈구하고 새로운 역할을 탐한다. 사정이 이렇다 보니 그녀를 만나려면 항상 극장으로 가는 수밖에 없다. 정동극장 객석, 예술의 전당 대기실, 산울림소극장 분장실, 이번에는 국립극단 연습실이다.

원로배우 박정자,
스케줄은 아이돌

　　　　　　　　　　박정자 씨는 국립극단 오른쪽 건물에 있는 스튜디오로 찾아오라 했다. 〈오이디푸스〉 연습을 하고 있을 거라고. 하지만 나는 그곳에서 그녀를 만날 수 없었다. 혹시나 싶어 왼쪽 건물에 있는 백성희장민호 극장에 가 보았다. 역시 그녀는 그곳에 있었다, 극장 안을 가득 채운 모래 위에. "이른바 겹치기를 해서는 안 된다고 생각하는데, 요새 상황이 그렇게 됐어요. 작품마다 너무나 다른 색깔을 가지고 있고, 부담이 많지는 않아서 참 다행이죠."

상황은 그랬다. 어제까지 인천에서 〈어머니의 노래〉 무대에 섰던 그녀는 오늘 국립극단 오른쪽 건물에 있는 스튜디오에서 11월에 공연될 〈오이디푸스〉 연습을 하고, 다시 왼쪽 건물에 있는 백성희장민호 극장으로 건너가 내일부터 있을 〈모래의 정거장〉을 점검하고 있었다. 나이 일흔에 이런 강행군은 무리가 아닐까. "요즘 내 일정을 보고 후배가 그래요. '선생님 이건 아이돌 스케줄이잖아요!'(웃음) 강행군이긴 한데 참 행복한 거예요, 축복이죠. 나는 쉬는 걸 잘 못해요. 훈련이 안 돼 있어서 쉬면 불안해. 그리고 연극하는 사람들은 여유가 없어서 힘들다, 피곤하고 지친다 누구한테 투정 부릴 수 없어요. 해서도 안 되고. 그저 몸이 부서져라 하는 거죠."

살인적인 스케줄은 백 번 양보하겠다. 세 작품이 모두 재공연되는 것이긴 하지만, 그래도 세 무대에서 세 인물로 획획 변환과 몰입이 되느냐 말이다. 문득 한 일본 평론가가 그녀를 두고 '서랍을 많이 가진 배우'라고 했던 말이 생각났다. "내가 제일 좋아하는 평이에요. 그만큼 변신할 게 많은 배우라는 얘기니까(웃음). 나는 항상 관객들에게 새로운 모습을 보여주고 싶어요. 보통 때는 겁도 많고 부끄러움도 많은데 무대에서는 달라지는 모습을 선물하고 싶어요. 새로운 인물로 태어나는 것은 배우만이 가질 수 있는 기쁨이고 소명이니까."

연극 외길 50년, 박정자 참 기특해

그녀는 그렇게 49년째 130여 편의 작품과 함께 무대를 지키고 있다. "돌이켜보면 내가 참 기특하고 장해요. 대학교 2학년 때 〈페드라〉로 시작했는데, 내년이면 50년이에요. '박정자, 한 길로 잘 왔어!' 나 자신한테 고맙게 생각해요." 그러나 박정자 씨는 나이 일흔에도 연륜 있는 배우의 존재감으로 만족하지 않는다. 여전히 무대에 대한 열정과 역할에 대한 욕심을 불태운다. "욕심 있어요. 배우가 작품이나 역할에 대해 욕심을 갖지 않는 건 직무유기야(웃음). 당연히 욕심을 가져야죠. 하지만 일상에서 다른 욕

심은 없어요. 그저 무대에 대한, 많은 관객이 와주길 바라는 욕심만 있어요."

연극 인생 50년, 배우로서 열정은 있지만 이제 그 열정은 잘 정돈돼 있다. "점점 군더더기가 없어지는 것 같아요. 젊었을 때는 뭔가 자꾸 하려고 했는데, 이제는 굳이 절제라는 표현을 쓰지 않더라도 심플해져요." 무대에서 나이를 더해간다는 것. 그것은 젊었을 때 보지 못했던 것을 발견하되, 때로는 알면서도 되살릴 수 없어 아쉬운 것들이 쌓여가는 일이기도 하다. "우리 인생도 그렇잖아요. 젊었을 때는 그것밖에 모르니까. 해보고 싶은 역할은 다 해봤고, 나에게 주어진 어떤 역할이든 소화해낼 자신은 있어요. 그런데 가끔은 자신이 없기도 해요. 옹색하게나마 지난 작품을 기록해놓는데, 가끔 '내가 저걸 저렇게 잘했어?'라고 생각할 때가 있어요. 물론 지금은 그때 보지 못했던 게 보이지만, 또 그렇게까지 잘해낼 자신이 없을 때도 있어요(웃음)."

어느새 그녀에게서 세월의 잔잔한 깨달음이 녹아든 '어머니'의 모습이 엿보인다. 유독 '엄마'를 많이 연기했던 박정자. 〈엄마는 오십에 바다를 발견했다〉에서 짝사랑하듯 딸 곁에서 쓸쓸하게 웃던 모습이 선연하다. "연극이라는 게 결국은 사람 사는 이야기, 사람의 모습, 인간을 탐구하는 거니까요. 엄마도 사람이고 딸도 사람이고, 딸도 엄마 되고 엄마도 다 전에는 딸이었거든. 그래서 특별한 건 하나도 없어요. 유난히 특별해서도 안 된다고 생각하고요."

그런데 지난 50년간 이렇게 바빴으니, 그녀 역시 어머니를 그리고 딸을 쓸쓸하게 만들었으리라. "두 가지 다 빵점(웃음). 어머니에게 훌륭한 딸이었다고 생각하지 않아요. 늘 바쁘다는 핑계로 어머니를 너무 외롭게 '버려뒀다'는 생각을 해요. 하지만 고백하건대 지금 어머니가 살아 계셔도 나는 똑같이 할 수밖에 없을 것 같아요. 또 딸이 있지만 내가 연기했던 엄마들처럼 절대 못했어요. 충실하지 못했고 너무나 부끄러운 구석이 많아. 이렇게 부족하기 때문에 우리 모두에게는 회한이 있는 거겠죠."

연극인들의 삶은
왜 이렇게 고단한가

이렇게 치열하게 사는 연극인들의 삶은 왜 그렇게 고단할까. 언젠가 만났던 주연급 연극배우는 무대에서 받는 돈이 한 해 176만 원에 불과해 대리운전을 한다고 했다. 연습에서 공연까지 꼬박 2~3달이 걸리는 작업이지만 그들의 출연료는 인기 배우의 드라마 한 회 출연료에도 턱없이 못 미친다. "안 되고말고, 그것과는 견줄 수도 없어요. 그 거품 때문에 수많은 배우들이 더 큰 어려움을 겪는 거예요. 연극인들은 늘 경제적으로 자유롭지 못해요. 나도 마찬가지, 항상 허리띠를 졸라매야 했어요. 주위를 보면 지금도 이혼하는 친구들이 많아, 돈벌이가 돼야지. 어떤 친구는 지하 골방에서 폐렴으로 고생하고, 연극을 포기하고 시골에 농사지으러 가는 사람도 있어요. 생활을 위해서는 그게 더 나을지도 모르지. 그런데 그렇게 되면 많지도 않은 연극배우들을 다 놓치는 거잖아요. 지금도 정말 배우가 없는데."

박정자 씨는 6년째 한국연극인복지재단의 이사장을 맡고 있다. 연극인들의 고단함을 더는 데 조금이라도 보탬이 되기 위해서 쓴 감투다. 하지만 문화예술인들의 고용과 산재보험을 주요 내용으로 한 예술인복지법은 여전히 국회를 떠돌고 있다. "제 역량이 많이 모자라요. 도움을 기다리는 곳은 많은데, 내가 어디 가서 벌렁 자빠져 누워 있다고 해결되지도 않고. 우리 예술인들은 언제쯤 이 복지국가의 도움을, 관심을, 이해를 받을 수 있을지…. 예술인들은 많은 사람들에게 위로와 기쁨을 줘요. 하지만 정작 그들은 사람 대우를 받지 못하고 있는 것이죠. 삼시 세끼를 먹여 살리라는 얘기가 아니에요. 기본적인 보호 장치는 필요하다는 거죠. 예술인복지법이 하루빨리 통과됐으면 좋겠어요. 간절한 꿈입니다."

여전히 배고픈 연극. 문득 주변에서 연극을 하겠다고 나서면 그녀가 어떻게 할지 궁금했다. "해야죠, 하고 싶은데 못하면 병나요. 환경이 열악해도 우리가 그것 때문에 너무 의기소침해서는 안 돼요. 배우의 본분, 무대에 몰입하고 작품에 매진하고, 최선을 다하고 죽을 힘을 다하고. 사실 더 좋은 연극을 만들기 위해서 모든 연극인들이 애를 써야 해요. 힘은 모자라지만, 연극인복지재단도 끊임없이 노력할 겁니다."

80세에도
치열하게 무대에서

박정자 씨 뒤로 2011년 3월 개관한 '백성희장민호 극장'이 보인다. 80대인 그들은 60여 년을 무대에서 살아온 국립극단의 두 명뿐인 정단원. 국내에서 살아 있는 배우의 이름으로 극장명을 짓기는 이번이 처음이다. "연극인 모두 감격스러웠죠. '백장 극장'이라고 명명되었을 때, 두 분께 그 이상의 영예가 없었겠지만 후배들도 너무나 기뻤어요."

그녀 역시 앞으로도 맹렬히 무대를 지킬 것을 다짐한다. 그것이 후배들에게 보여줄 수 있는 가장 큰 귀감이라고. "후배들에게 달리 말을 하지는 않아요. 그들도 치열하게, 매일매일 전쟁처럼 살고 있기 때문에. 연극하는 사람들이 놀면서 하는 것 같지만, 작품을 무대에 올린다는 것은 극한 작업이거든요. 나는 그저 보여줄 뿐이에요. 내가 선배로서 연극하는 모습을 보여주면 그들이 그걸 보고 따라오면 되지 않을까."

그래서 그녀가 가장 애착을 갖는 작품은 〈19 그리고 80〉이다. 죽음에 집착하는 19살 해롤드에게 삶의 진정한 아름다움과 가치를 일깨워주는 80세 할머니 모드. 그녀에게는 80세 모드로 무대에 서겠다는 강렬한 목표가 있는 것이다. "〈19 그리고 80〉은 나에게 삶의 목표와 방향을 제시한 작품이에요. 2년에 한 번씩 80세까지 해야 하니까(웃음). 80까지 무대에 설 수 있을지는 모르지만, 그거야말로 내 꿈이니까, 하여튼 가야죠."

그렇게 무대에서 그녀는 벅찬 삶을 느낀다. "내 삶의 산소를 들이마시는 공간. 무대는 극도로 긴장하는 무서운 공간이지만, 또한 내가 드리는 제사의 공간이고 기도의 공간이에요. 나는 잠을 자는 것도 연극이 주는 휴식이라고 생각해요. 연극밖에 할 줄 몰라. 미련해서 하나밖에 모르지만, 그게 오히려 감사한 거죠." 매일 치열하게 살고 있지만, 또 목표가 있는지 물었다. "더 멋진 배우? 아휴 그건 좀 이상해. 나 지금 충분히 멋지지 않아? 앞으로도 오늘만 같아라(웃음)!"

"점점 군더더기가 없어지는 것 같아요. 젊었을 때는 뭔가 자꾸 하려고 했는데,
이제는 굳이 절제라는 표현을 쓰지 않더라도 심플해져요."

일흔의 박정자 씨와 한바탕 크게 웃었다. 방송가에 있는 여인들은 대체로 청각이 예민하다. 내가 박정자 씨의 무대를 좋아하게 된 것은 순전히 그녀의 멋진 음색 때문이었다. 그러다 어느 극장에서 프로그램 북에 떨어지는 눈물 소리가 신경 쓰일 정도로 울어버린 적이 있다. 노배우가 건넨 위로의 손길에 온몸을 내맡겨버린 것이다. 10여 년 전부터 '예술'이 아니라 '관객'을 먼저 생각해왔다는 박정자. 그녀는 이미 '모드'다. 일흔의 그녀는 이 삭막한 삶을 위로하고, 충만한 아름다움과 가치를 보여주고 있다. 작품은 넘쳐나지만 이렇다 할 감동을 얻지 못하는 요즘 공연계에서 '박정자'라는 배우의 존재만으로도 관객 역시 고마운 것이다.

참, 그녀를 만나고 며칠 뒤 예술인복지법이 국회에서 통과됐다는 소식을 들었다. 아직 갈 길이 멀지만, 그 간절한 꿈의 포문을 열며 환하게 웃고 있을 박정자 씨의 모습이 떠올랐다. 박정자 씨는 2012년, 연극 인생 50년을 기념해 소박한 잔치를 준비하고 있다. '배우 박정자'를 보여줄 수 있는 작은 전시와 그녀의 이야기가 담긴 책, 그리고 삼일로 창고극장에서 공연될 사무엘 베케트의 〈크라프의 마지막 테이프〉가 잔칫상에 오를 예정이다. 배우 박정자의 다채로운 서랍을 마음껏 구경해야겠다.